GRöLS Verlage

„BÜCHER SIND WIE FALLSCHIRME. SIE NÜTZEN UNS NICHTS, WENN WIR SIE NICHT ÖFFNEN.“

Gröls Verlag

Redaktionelle Hinweise und Impressum

Das vorliegende Werk wurde zugunsten der Authentizität sehr zurückhaltend bearbeitet. So wurden etwa ursprüngliche Rechtschreibfehler *nicht* systematisch behoben, denn kleine Unvollkommenheiten machen das Buch – wie im Übrigen den Menschen – erst authentisch. Mitunter wurden jedoch zum Beispiel Absätze behutsam neu getrennt, um den Lesefluss zu erleichtern.

Um die Texte zu rekonstruieren, werden antiquarische Bücher von Lesegeräten gescannt und dann durch eine Software lesbar gemacht. Der so entstandene Text wird von Menschen gegengelesen und korrigiert – hierbei treten auch Fehler auf. Wenn Sie ebenfalls antiquarische Texte einreichen möchten, finden Sie weitere Informationen auf www.groels.de

Viel Freude bei der Lektüre wünscht Ihnen das Team des Gröls-Verlags.

Adressen

Verleger: Sophia Gröls, Im Borngrund 26, 61440 Oberursel

Externer Dienstleister für Distribution & Herstellung: BoD, In de Tarpen 42, 22848 Norderstedt

Unsere „Edition | Werke der Weltliteratur“ hat den Anspruch, eine der größten und vollständigsten Sammlungen klassischer Literatur in deutscher Sprache zu sein. Nach und nach versammeln wir hier nicht nur die „üblichen Verdächtigen“ von Goethe bis Schiller, sondern auch Kleinode der vergangenen Jahrhunderte, die – zu Unrecht – drohen, in Vergessenheit zu geraten. Wir kultivieren und kuratieren damit einen der wertvollsten Bereiche der abendländischen Kultur. Kleine Auswahl:

Francis Bacon • Neues Organon • **Balzac** • Glanz und Elend der Kurtisanen • **Joachim H. Campe** • Robinson der Jüngere • **Dante Alighieri** • Die Göttliche Komödie • **Daniel Defoe** • Robinson Crusoe • **Charles Dickens** • Oliver Twist • **Denis Diderot** • Jacques der Fatalist • **Fjodor Dostojewski** • Schuld und Sühne • **Arthur Conan Doyle** • Der Hund von Baskerville • **Marie von Ebner-Eschenbach** • Das Gemeindekind • **Elisabeth von Österreich** • Das Poetische Tagebuch • **Friedrich Engels** • Die Lage der arbeitenden Klasse • **Ludwig Feuerbach** • Das Wesen des Christentums • **Johann G. Fichte** • Reden an die deutsche Nation • **Fitzgerald** • Zärtlich ist die Nacht • **Flaubert** • Madame Bovary • **Gorch Fock** • Seefahrt ist not! • **Theodor Fontane** • Effi Briest • **Robert Musil** • Über die Dummheit • **Edgar Wallace** • Der Frosch mit der Maske • **Jakob Wassermann** • Der Fall Maurizius • **Oscar Wilde** • Das Bildnis des Dorian Grey • **Émile Zola** • Germinal • **Stefan Zweig** • Schachnovelle • **Hugo von Hofmannsthal** • Der Tor und der Tod • **Anton Tschechow** • Ein Heiratsantrag • **Arthur Schnitzler** • Reigen • **Friedrich Schiller** • Kabale und Liebe • **Nicolo Machiavelli** • Der Fürst • **Gotthold E. Lessing** • Nathan der Weise • **Augustinus** • Die Bekenntnisse des heiligen Augustinus • **Marcus Aurelius** • Selbstbetrachtungen • **Charles Baudelaire** • Die Blumen des Bösen • **Harriett Stowe** • Onkel Toms Hütte • **Walter Benjamin** • Deutsche Menschen • **Hugo Bettauer** • Die Stadt ohne Juden • **Lewis Caroll** • *und viele mehr….*

Magda Trott

Goldköpfchens Kinder: Die beiden Fipse

Erzählung für junge Mädchen

Inhalt

Ziehe durch, ziehe durch ...

Die sechsjährige Erna zertrat die Kuchen, die sie aus Sand gebacken hatte. Ihre blauen Augen glitten hinüber zu dem großen Rasenplatz, hin zu den vielen Leinen, auf denen im Sonnenschein die Wäsche flatterte.

Ein tiefer Seufzer kam über die Lippen des Kindes, dann begann Erna leise zu singen: „Ziehe durch, ziehe durch, durch die goldene Brücke – Ziehe durch, ziehe durch, durch die goldene Brücke." Ein Weilchen war es still, dann begann Erna von neuem: „Ziehe durch, ziehe durch, durch die goldene Brücke – Ziehe durch, ziehe durch –"

„Wie oft willst du die Zeile noch singen?" rief ihr Bruder Jürgen zu.

„Ach, wäre es schön, wenn wir Durchkriechen spielen könnten." Ernas ausgestreckter Finger wies auf die flatternde Wäsche.

Bruder Jürgen unterbrach den Bau seines Tunnels, der durch den Sandhaufen führen sollte. „Durchkriechen! – Ja, das wäre viel schöner als im Sande zu spielen."

„Wir dürfen aber nicht", sagte Erna kummervoll, „Mutti hat es verboten!"

„Ob wir mal ein bißchen durchkriechen?" mengte sich Bruder Stefan ein. „Wir kriechen auf dem Bauch, da machen wir die Wäsche nicht schmutzig. Platt auf dem Bauch!"

„Wir dürfen doch nicht", seufzte Erna.

„Dort neben der Stange können wir auf dem Bauche durchkriechen. Dort machen wir die Wäsche nicht schmutzig."

„Wir wollen durchkriechen", rief die fünfjährige Marlene begeistert.

„Wir wollen schon, aber – wir dürfen nicht", beharrte Erna.

„Oh", meinte Marlene und legte den Blondkopf auf die Seite, „kleine Kinder wären sehr froh, wenn sie durchkriechen könnten."

„Auf'm Bauch! Auf'm Bauch", rief Jürgen.

Sechs Kinder stellten das Spielen im Sande ein und blickten unverwandt zu der frischgewaschenen Wäsche hinüber, die so lustig im Winde flatterte. Vorhin hatte die Mutti viele Wäschestücke aufgehängt, jetzt war sie ins Haus gegangen, weil Besuch gekommen war. Frau Lenß, die Waschfrau, war mit Ida im Hofe tätig, in dem großen Garten war also niemand zu sehen. Vielleicht konnte man rasch nur ein einziges Mal Durchkriechen spielen.

Die dreijährige Adele war die erste, die auf den Rasenplatz zuging. „Ziehe durch, ziehe durch, durch die goldene Brücke – – ist kaputt, woll'n sie wieder flicken“, sang sie mit lauter Stimme.

Zögernd folgten die anderen. „Wir dürfen nicht“, sagte Erna, trotzdem näherte sie sich der Wäsche. „Wenn wir ganz platt auf unserem Brustkorb liegen, dann dürfen wir. Aber wir dürfen nicht mit unserer Hinterbrust an die Wäsche stoßen.“

„Nee, immer nur auf'm Bauch, auf'm Bauch“, rief Stefan begeistert, und schon lag er auf der Erde und schob sich langsam den Kiesweg entlang, dem Rasenplatz entgegen.

„Ich schwimme, – ich schwimme wie ein Fisch!“ rief Jürgen, spreizte die Beine, zog sie wieder an und arbeitete sich so auf dem Wege weiter, hin zum Rasen. Die anderen folgten seinem Beispiel. Sechs Kinder bewegten sich schwimmend und kriechend hin zum Rasenplatz. Von hellstem Gelächter unterbrochen, hielten sie mitunter inne; von Zeit zu Zeit rief Erna, wenn einer den Oberkörper hob:

„Nur mit dem Bauch und dem Brustkorb rutschen, sonst dürfen wir nicht!“

Jürgen und Stefan kamen ziemlich rasch vorwärts, Erna, Fritz, Marlene und Adele hatten mit Schwierigkeiten zu kämpfen. Aber alle lachten aus vollem Halse, winkte ihnen doch das schönste der Spiele: das Durchkriechen.

Durch den frohen Lärm wurde der Besitzer des Nachbarhauses aufmerksam. Er saß im Pflaumenbaum, um Obst zu ernten. Ein Schmunzeln lief über sein Gesicht:

„Die Goldköpfchenkinder spielen Schnecke", rief er seiner unten am Baume stehenden Frau zu.

„Ja, ja, ich höre sie lachen."

„Du solltest nur sehen, wie sie sich vorwärtsschlängeln. Da wird Frau Goldköpfchen wieder manches Loch zu flicken, manchen Knopf anzunähen haben."

Die Goldköpfchenkinder!

So hießen die acht Kinder der blonden Arztfrau in ganz Heidenau. Jedermann kannte das Schicksal der tapferen Frau, über die soviel Leid gekommen war. Trotzdem herrschte im Hause Doktor Kirschners Sonne und Frohsinn. Acht Kinder sorgten dafür, daß die Eltern nicht zur Ruhe kamen, schufen Mühe und Sorgen, aber auch viel Freude. Wer es nicht wußte, wollte es nicht glauben, daß fünf dieser Kinder Goldköpfchens Stiefkinder waren. Aber Bärbel Kirschner kannte keinen Unterschied, ihre Mutterliebe wurde gleichmäßig auf alle Kinder verteilt.

„Das ist eben Goldköpfchen", sagten die Heidenauer, „das ist eine gute und pflichtgetreue Frau und Mutter. An ihr kann sich jeder ein Beispiel nehmen."

Und doch war es Goldköpfchen nicht leicht geworden, eine zweite Ehe zu schließen. Gar zu sehr hatte sie ihren ersten Mann, den fleißigen Ingenieur, geliebt. Aus dieser Ehe mit Harald Wendelin stammten drei Kinder: Hermann, Jürgen und Erna. Nach dem Tode des Gatten, der sein Leben hingab, um andere zu retten, heiratete Goldköpfchen nach langem innerem Kampf den in Heidenau ansässigen verwitweten Arzt Doktor Ewald Kirschner, der fünf Kinder mit in die Ehe brachte. Und nun tobte die Schar durch Haus und Garten, behütet und betreut von den Eltern.

Hermann, der älteste, und die kleine Ulla fehlten bei den fröhlichen Spielen. Hermann kannte nichts Schöneres, als im Hause an seinen

Maschinen zu basteln; er sägte, feilte, hämmerte. Ulla hingegen war noch zu klein, sie blieb in der Obhut der treuen Kinderfrau, der guten Frau Leuschner. Die sechs aber, die augenblicklich so herrlich spielten, setzten ihre Schwimmübungen fort und erreichten, ohne daß sie von der Mutter, der Waschfrau oder Ida bemerkt wurden, den Rasenplatz.

„Ziehe durch, ziehe durch, durch die goldene Brücke!" tönte es im Chor.

„Wir müssen uns auf die Hinterbrust legen", rief Jürgen, „da können wir viel besser sehen, ob wir an die Wäsche stoßen. Das ganze Regiment: kehrt!"

Gehorsam legte sich die Schar auf den Rücken.

„Das Kriechen geht so aber schlecht", sagte Erna, „ich kann viel besser auf'm Bauche kriechen!"

Ein Freudengeheul tönte aus Fritzchens Munde. „Ich hab' eben 's Maul weit aufgemacht, da is' mir was reingetrippelt."

„Fein", rief Jürgen, „ich laß mir auch was ins Maul reinlaufen!"

Stefan hatte eine Decke erblickt, von der tropfte unablässig das Wasser nieder. Sofort schlängelte er sich nach dort.

„Ich habe Durst", rief Stefan, „jetzt trinke ich mich satt!"

„Ich will auch trinken", rief Adele, erhob sich, rannte durch die Wäsche hindurch und legte sich neben Stefan unter die tropfende Decke.

Neidvoll spähte Fritz zu den beiden hinüber. Dann kam auch er und lachte glücklich, als auch ihm das Wasser aus der Decke auf die Stirn träufelte.

„Ich habe auch Wasser", rief Erna von der anderen Seite her. „Hier hängt Frau Leuschners dicker Wollrock, der trippelt auch! Oh, ich bin schon ganz naß!"

Marlene leistete ihr Gesellschaft, denn auch sie wollte betrippelt werden. Sie schob das Kleiderröckchen hoch und ließ das Wasser auf Knie und Oberschenkel tropfen.

„Jetzt hab' ich 'nen Tropfen auf den Blinddarm gekriegt", sagte Erna.

„Bei mir kitzelt es auf den Knien!"

Stefan, der noch nicht genug Wasser bekam, hob die Hände, drehte die hängende Decke zusammen und hielt den Zipfel über den Mund: „Ich trinke, – ich trinke immerzu!"

Das Lachen wollte nicht enden. Die dicke Decke tropfte stark, ebenso der Rock der alten Kinderfrau.

„Ich kriege nicht genug", meinte Fritz weinerlich, „ich suche, wo noch was trippelt!" Er ging durch die Wäsche hindurch, faßte bald dieses, bald jenes Stück an und blieb schließlich unter der Leine stehen, auf der Strümpfe hingen. Hier tropfte es noch recht nett. So legte er sich zufrieden auf den Rücken und fing die herunterfallenden Tropfen geschickt auf. Er mußte freilich seinen Kopf bald nach dieser, bald nach jener Seite wenden, doch das machte viel Spaß.

„Mein Blinddarm ist schon ganz naß", jubelte Erna.

„In meinen Kehlkopf ist schon viel Wasser gelaufen", rief Stefan.

Adele hatte das Kleidchen so hoch geschoben, daß die Tropfen an den nackten Oberschenkeln hinabliefen. Sie jubelte hell auf, weil es so schön kitzelte.

In diesem Augenblick kamen Frau Lenß und Ida aus dem Waschhaus; sie brachten die Stärkwäsche, um sie aufzuhängen.

„Was ist denn hier los?" Frau Lenß schlug die Hände zusammen. „Sollt ihr unter der nassen Wäsche liegen? Marsch fort, ihr Rasselbande!"

Die Kinder erhoben sich und rannten im Galoppschritt davon. Die nasse Wäsche schlug ihnen ins Gesicht, an die Schultern, denn keiner dachte mehr daran, daß sie die Wäsche nicht berühren durften. Nur schnell zurück zum Sandplatz, denn Jürgen und Stefan erinnerten sich noch zu genau des Strafgerichts der Waschfrau bei der letzten Wäsche. Da hatte die handfeste Frau ein nasses Handtuch genommen und den beiden

Knaben damit einige kräftige Schläge auf die sogenannte Hinterbrust verabfolgt.

Am Sandhaufen hockten die sechs und lauschten den Scheltworten der beiden Frauen. Wenn nur die Mutti nichts hörte!

„Ich bin ganz naß und dreckig", sagte Marlene. „Guck mal her."

„Bei mir war 'ne große Pfütze", prahlte Jürgen. „Meine Rippen sind ganz durchnäßt!"

„Mein Blinddarm ist auch naß", meinte Erna, „aber er braucht deswegen nicht operiert zu werden. Ich lasse ihn trocknen, dann ist er wieder gesund."

Stefan war der einzige, der sich langsam wieder ein wenig vorwagte. Als ihn Frau Lenß erblickte, drohte sie mit der feuchten Küchenschürze, die sie gerade in den Händen hielt.

Da sang Stefan, indem er die Zunge weit hinausstreckte: „Der Lenz ist da, – der Lenz ist da!" Er hatte sich den Schluß des Liedes gemerkt, das öfters im Hause der Eltern von einer Bekannten gesungen worden war.

„Jawohl", rief die schlagfertige Waschfrau zu ihm hinüber, „die Lenß wird gleich da sein, sie wird zu dir kommen!"

Endlich waren die letzten Schürzen aufgehängt, die beiden Aufpasser wieder im Waschhause verschwunden.

„Kriechen wir noch mal?" fragte Jürgen.

„Nein", sagte Erna energisch, „wir dürfen nicht. Jetzt spielen wir mit Sand. – Seht mal her, der ganze Sand klebt an mir, weil ich so naß bin."

„Du bist ein Sandaal", schrie Jürgen und bewarf das nasse Kleid der Schwester kräftig mit Sand. Auch das machte tollen Spaß, denn die Kinder stellten fest, daß der Sand an ihnen allen klebte. Besonders Stefans und Jürgens Rücken, die stark durchnäßt waren, hielten ihn gut fest.

„Wie es tropft", sagte Fritz sehnsuchtsvoll und schaute zu den eben aufgehängten Schürzen hinüber. Da war er auch schon weg und lag im nächsten Augenblick unter den gestärkten Schürzen. Erna erhob warnend den Zeigefinger und drohte ihm.

„Wir wollen doch artige Kinder sein!"

„Hu, wie das schmeckt", rief Fritz.

„Nu, wie Wasser eben schmeckt", meinte Stefan.

„Nee, das ist Kleisterwasser."

Nun schlichen Stefan und Jürgen hin; da aber hier nur selten ein Tropfen kam, nahm jeder ein Schürzenband in den Mund, um daran zu lecken.

„Ja, – Kleisterwasser", sagte Stefan.

„Was macht ihr denn schon wieder hier?" Ida stand vor den Knaben. Sie brachte noch eine Schürze. „Was sucht ihr unter der Stärkwäsche?"

„Es schmeckt nicht", sagte Fritz treuherzig, „es ist oller Kleister!"

„Lieber Himmel, jetzt lecken die Bengel an der Stärkwäsche. Marsch fort, – schämt euch! – Wie kann man Stärke lecken!"

„Sind wir nu stark?" fragte Fritz.

„Unartig seid ihr!"

„Wir haben Stärke geleckt", rief Fritz und eilte zu den Schwestern zurück. „Jetzt bin ich stark." Im nächsten Augenblick erhielten Erna und Marlene einen solchen Stoß, daß sie vom Sandhaufen herunterkollerten. „Ich bin jetzt stark! Ich bin der Riese Goliath!"

Adele begann zu weinen, denn der Sand war ihr in den Mund gekommen. Ida kam gelaufen und schalt die Kinder gründlich aus, denn sie sahen nicht gerade sauber aus.

„Marsch ins Haus, ihr beiden Kleinen könntet euch erkälten! Ihr seid ohnehin kaum gesund geworden. Da sollt ihr nun in der Sonne spielen und seid pudelnaß! Kommt sofort mit."

Ida nahm Marlene an der einen, Adele an der anderen Hand und wandte sich an die großen Knaben: „Konntet ihr nicht aufpassen? Ihr wißt doch, wie krank eure Schwestern waren. Die beiden Fipse haben doch noch keinen Verstand. Aber ihr seid alt genug, um achtzugeben! Sollen die Kleinen wieder krank werden? Schämt euch!"

„Die Fipse! – Die Fipse!" lachte Stefan aus vollem Halse. „Ihr seid Fipse!"

Marlene drehte sich um: „Ich bin kein Fips, – du bist ein Fips!"

„Adele ist ein Fips", sagte Adele, „Adele ist ein lieblicher Fips! Ich bin eine schöne Lieblichkeit, – ich bin ein schöner Fips!"

„Ein nasser, ein unartiger Fips bist du", schalt Ida. Es war ihr gar nicht recht, daß sie von der Wäsche weglaufen mußte. Aber es ging nicht an, die beiden kürzlich erst genesenen Kinder mit durchnäßten Kleidern im Garten zu lassen. Hinter beiden lag eine schwere Krankheit, die den Eltern viele Sorgen gemacht hatte.

„Ätsch, – die beiden Fipse müssen ins Haus", rief Stefan.

„Fipse – Fipse – Fipse", tönte es im Chor hinter den beiden kleinen Mädchen her, „sie sind Fipse!"

„Fipse ist was Dummes", sagte Jürgen wichtig.

„Nein", sagte Erna energisch, „Fipse ist was Schönes! Adele ist immer schön, und Marlene ist niedlich. Fipse ist doch was Schönes!"

Währenddessen begab sich Ida mit den beiden Kindern ins Haus, um deren nasse Beine und Gesichter trocken zu reiben und sie umzuziehen. Dabei schalt sie die Kleinen gehörig aus.

„Wollt ihr wieder krank werden?"

„Adele will nicht krank werden!"

„Hab nur keine Sorge, Ida", meinte Marlene altklug, "wir waren genug krank, wir wollen mit der Mutti fortfahren, um noch ganz gesund zu werden. Das hat die Mutti gesagt."

„Mit unartigen Kindern fährt sie aber nicht."

Marlene nickte Ida lächelnd zu. „Du – sie fährt schon", meinte sie pfiffig, „der große braune Kasten steht schon in der Stube."

„Nicht so rubbeln“, rief Adele unwillig, als Ida mit einem Tuch die nassen Beine trockenrieb. „Alle schöne weiße Haut von der Adele wird schrumplig.“

„Du bist ein kleiner eitler Affe!“

„Ich bin ein Fips, – ein lieblicher Fips!“

Dann waren die Kinder umgekleidet, und Ida führte sie wieder zurück zum Sandplatz. „Wenn ihr jetzt nicht artig spielt, rufe ich den Vater aus der Sprechstunde. Wer noch einmal auf den Rasenplatz geht, wird in den Keller gesperrt!“ Dann verließ Ida die schweigsam gewordene Schar.

Durchkriechen durfte man nun nicht wieder spielen, man fürchtete den Zorn von Frau Lenß oder Ida. Außerdem konnte jeden Augenblick Fräulein Rettich zurückkommen, die wegen Besorgungen in die Stadt gegangen war. Auch die Mutti würde bald wieder im Garten erscheinen, wenn der Besuch wegging. Da war es am ratsamsten, man blieb artig beim Spiel mit dem Sande.

„Na, – wie ist es mit Pflaumen?“ ertönte plötzlich eine Stimme aus dem Nachbargarten. Die Kinder sprangen empor. Sie hatten längst Herrn Hartmann im Pflaumenbaume gesehen. Es war ihnen jedoch bei strengster Strafe verboten worden, den gutherzigen Mann anzubetteln. Er gab ganz von selbst den Kindern genug ab; außerdem hatten sich die Kinder in jedem Jahre den Magen verdorben, weil sie mit Bitten und Betteln nicht nachließen. Nun bot Herr Hartmann von selbst die schönen süßen Pflaumen an, und alle eilten an die Gartenmauer, um das Obst in Empfang zu nehmen.

Hartmann warf den Kindern mehrere Hände herrlicher Pflaumen hinüber, wodurch eine wilde Balgerei entstand. Trotzdem erwischte Erna die meisten Pflaumen. Das schlanke, behende Mädchen griff blitzschnell durch die Beine der älteren Brüder und nahm ihnen die Früchte weg, während Stefan und Jürgen mit den Köpfen zusammenstießen und sich daraufhin erst einmal gehörig puffen mußten. Adele begann zu weinen, sie war getreten worden.

„Nicht weinen, kleiner Fips“, sagte der Nachbar, „du bekommst jetzt allein welche. Paß auf, die Pflaumen sind für dich.“ Dabei warf er der Kleinen drei schöne große Pflaumen zu.

„Bitte, ich bin auch ein Fips“, sagte Marlene, „ich möchte auch noch ein bißchen Pflaumen.“

„Du bist kein Fips mehr!“

„O doch, sie ist ein Fips“, rief Fritz, „und ich bin auch ein Fips.“

„Das stimmt nicht“, meinte Herr Hartmann. „Paßt mal auf.“ Dann spreizte er die Hand, tippte den Daumen an und sagte: „Das ist der Daumen“, dann wies er auf den Zeigefinger: „der schüttelt die Pflaumen.“

„Nee, die Pflaumen schütteln Sie“, meinte Stefan.

„Nein“, sagte der Nachbar und wies auf seinen Mittelfinger: „Der hebt sie auf, der hier trägt sie heim, und der kleine Fips, mein fünfter Finger, ißt sie alle auf!“

„Bitte, ich bin doch ein Fips“, sagte Marlene, „ich esse Pflaumen furchtbar gerne!“

„Ich möchte auch ein Fips sein“, meinte Fritz flehend, „denn ich esse Pflaumen furchtbar gerne!“

„Große Jungen sind keine Fipse mehr, nur kleine Mädchen sind Fipse!“

„Du weißt ja nicht, ob ich nicht ein kleines Mädchen bin, ich esse doch so gerne Pflaumen.“

Goldköpfchen, die den Besuch bis zur Haustür geleitet hatte, kam in den Garten, um nach den Kindern zu sehen. Sie hörte die letzten Worte ihres Sohnes.

„Fritz, – Fritz, – wer darf nicht um Obst betteln?“

„Die Mutti, – die Mutti!“ Sechs Kinder umringten Goldköpfchen. Sie mußte abwehren, denn Adele hielt gerade eine zerquetschte Pflaume in der Hand, die ihre Spuren an Goldköpfchens Rock hinterließ.

„Mutti, – ich bin ein Fips!“

„Bist du auch, kleiner Fips!“

„Muttilein, ich bin doch auch ein Fips“, rief Marlene kläglich, „ich bin nicht so ein richtiger kleiner Fips, wie die Adele, aber ich bin doch ein Fips! – Ach, sag doch, daß ich ein Fips bin!“

„Ja, du bist auch ein Fips!“

„Nee, Mutti“, sagte Jürgen, „an einer Hand ist immer nur ein Fips.“

„Ich habe aber zwei Hände, Jürgen, und darum hat die Mutti auch zwei Fipse.“

Jürgen überlegte ein Weilchen, dann nickte er mit dem Kopf. „Ja, das stimmt, du hast zwei Fipse. – Aber, was bin ich denn dann?“

„Ihr seid meine lieben Kinder.“

„Mutti, ist Fips was Schöneres als liebe Kinder?“

„Es ist genau dasselbe, Marlene.“

„Na, dann ist es gut, dann bin ich dein Fips.“

Goldköpfchen betrachtete ihre Ältesten. „Ihr seid wohl naß geworden? Was habt ihr denn gemacht?“

„Wir sind schon wieder fast trocken“, rief Stefan, „nur die Hinterbrust ist noch naß.“

„Mein Blinddarm ist auch wieder trocken“, meinte Erna.

„Und Lunge und Leber, Herz und Nieren auch“, rief Jürgen, „der Pulsschlag geht normal, und die Herztätigkeit macht uns keine Sorgen.“

Da mußte Goldköpfchen lachen. Man merkte sofort, daß der Vater Arzt war und daß die Kinder manche Bemerkung von ihm aufgriffen. Es wurde im Hause oft Arzt gespielt, bald schnitt Jürgen dem Stefan, bald Stefan dem Jürgen das Herz heraus, untersuchte es, setzte es wieder ein. Man mußte bei diesem Spiele nur aufpassen, daß die Kinder keine Schere in die Hände bekamen, denn einmal hatte es Jürgen fertiggebracht, die Bluse des Bruders zu zerschneiden. Es machte viel Spaß, wenn der Trichter aus der Küche geholt, auf Brust oder Leib gesetzt wurde und der „Arzt“ horchte.

„Mutti, – packst du nu' bald den großen Koffer? Fahren wir bald weit fort?“ forschte Marlene.

„Ja, mein Mädchen, am Sonnabend.“

„Mutti, sag doch jetzt immer Fips zu mir.“

„Marlene ist doch ein sehr hübscher Name.“

„Aber Fips gefällt mir viel besser! Der kleine Fips darf nämlich alle Pflaumen alleine essen!“

Vor der Reise

Es war Goldköpfchen nicht leicht geworden, den dringenden Wunsch ihres Gatten zu erfüllen. Aber Doktor Kirschner hielt es für unbedingt notwendig, daß Marlene und Adele einige Wochen zur Erholung in einen Gebirgsort kamen, weil sich die beiden Kinder noch immer nicht von der überstandenen schweren Krankheit erholen konnten. Sie sahen blaß und elend aus, auch die sorgfältigste Pflege fruchtete nichts. So blieb nur eine Erholungsreise ins Gebirge übrig.

Anfangs wehrte sich Goldköpfchen energisch. Es erschien ihr undenkbar, sechs Kinder allein zurückzulassen, um mit Marlene und Adele davonzufahren. Zwar wußte sie, daß sie sich auf ihre erprobte Kinderfrau und auf das seit fast zwei Jahren im Hause weilende Kinderfräulein verlassen konnte. Auch Ida, das Hausmädchen, war durchaus zuverlässig. Sie brauchte daher nicht zu fürchten, daß den Kindern die nötige Ordnung und Aufsicht fehlte, doch alle würden die geliebte Mutter entbehren. So machte Goldköpfchen eine Ausrede nach der anderen, obwohl sie selbst erkannte, daß den beiden Kleinen diese Reise von Nutzen sein würde.

„So muß ich als Arzt ein ernstes Wort reden, meine liebe Bärbel! Vor allem brauchst du einmal Ausspannung. Zwei Kinder werden dir nicht soviel Mühe machen wie acht. Du fährst also Mitte August, wenn die Schule wieder begonnen hat, ab. Ich weiß meine fünf Kinder in den Vormittagsstunden in der Schule gut aufgehoben, und für Klein-Ulla sorgt unsere treue Frau Leuschner wie eine Mutter. Es wird gereist, liebe Bärbel, keine Ausrede nützt mehr."

Sogar Hermann, Goldköpfchens ältester Sohn, redete der Mutter zu. Der zwölfjährige Knabe war seit dem Tode seines Vaters ein ernster, stiller Knabe geworden, der kein größeres Glück kannte, als der geliebten Mutter Freuden zu bereiten. Ein warnender Blick Goldköpfchens genügte, um Hermann von jeder Unart, von jedem häßlichen Streich zurückzuhalten.

„Fahre doch, Mutti! In den Bergen ist es schön, man erholt sich dort gut. Unser Vater verordnet den Leidenden häufig Bergluft. Du mußt wieder frisch und gesund werden. – Habe keine Sorgen um deine Kinder, ich gebe gut acht und werde ihnen mit mütterlicher Liebe zur Seite stehen!"

„Mutti, fahre mal in die hohen Berge", sagte Erna. „Wir halten schon Ordnung, der Hermann und ich. Ich passe in der Küche auf, wenn gekocht wird. Ich lasse jeden Tag Eierkuchen mit Himbeersaft kochen, damit alle deine Kinder kugelrund werden. Ich werde auch den Kleinen sagen, wie sie sich zu betragen haben."

„Welchen Kleinen?" fragte Hermann.

„Nu, – dem Jürgen, dem Stefan und dem Fritz. – Mutti, – wenn sie Dummheiten machen, werde ich sie bestrafen."

„Na, Erna, werden sich das die Brüder gefallen lassen?"

Erna nickte ernsthaft. „Sie werden doch einer Dame nichts tun! Ich werde ihnen sagen, daß jeder Mann eine Frau zu achten hat, weil ich auch einmal eine Mutter und eine Frau werde. – Du kannst ganz ruhig fortfahren. In Haus, Hof und Garten wird Ordnung sein, dafür sorge ich."

Goldköpfchen streichelte die Sechsjährige liebevoll. Erna war so ganz ihr Ebenbild. Jeder, der Goldköpfchens Kinderbilder sah, meinte, das müsse Klein-Erna sein. Sie hatte genau dieselben blonden Haare, dieselben blauen Augen und das schmale, liebe Gesicht, wie einst die Mutter. Viele Bekannte nannten Erna daher Klein-Goldköpfchen, und Erna hörte diesen Namen sehr gern.

„Fein ist das! Alle Leute sagen, meine Mutti, das Goldköpfchen, war immer ein sehr liebes Kind. Und wenn die Großeltern aus Dillstadt kommen, erzählen sie, was meine Mutti für ein liebes Goldköpfchen war. Nun bin ich auch ein Goldköpfchen, bin Klein-Goldköpfchen! – Mutti, bin ich nun auch ein liebes Goldköpfchen?“

„Freilich, wenn du artig bist, bist du sogar ein sehr liebes Goldköpfchen.“

Erna schlug mit der kleinen Faust auf den Tisch. „Na, dann ist's gut, dann werde ich für Ruhe sorgen! Der Großvater sagte immer zu mir, du hast in Dillstadt die Jungens gut in Ordnung gehalten. – Mutti, fahre mal mit den beiden Fipsen los! Wir bekommen dann immerfort Eierkuchen.“

„Wirst du denn keine Sehnsucht nach der Mutti haben?“

„Ja, – aber ich esse Eierkuchen und bekomme etwas mehr Himbeersaft.“

Da mußte Goldköpfchen herzlich lachen. Trotzdem wollte ihr die Reise nicht in den Sinn, aber Doktor Kirschner ließ nicht nach.

„Wir wollen in die hohen Berge“, sagte Marlene, „wir sind kranke Leute. In den hohen Bergen gibt es Ziegen mit großen Hörnern, und wir können im Sommer mit Schneebällen schmeißen, weil alle Berge voller Schnee liegen. Der alte Rettich, – ach nee, Mutti, ich bin schon wieder artig, Fräulein Rettich hat gesagt, in Pinzau gibt es viele kleine Pferdchen, die noch nicht richtig stehen können. Nun will ich zu den kleinen Pferdchen nach Pinzau.“

„In den Pinzgau fährst du, du Riesenroß“, schrie Stefan. „Pinzgau ist ein Stück Land mitten in den Bergen. Dort sind die Berge so hoch, daß du nicht hinauf kannst. Zehnmal so hoch wie unser Haus!“

„Oller Quatschkopp“, sagte Marlene, „so hohe Berge gibt es ja gar nicht!“

„Mutti, die Berge sind doch noch viel höher?“

„Freilich, Stefan.“

„Ätsch“, rief Stefan, „ich weiß alles. Wenn du auf den Bergen den Schnee sehen willst, mußt du durch so ein Ding gucken, das wie eine verklebte Brille aussieht. – So wie 'ne große Autobrille. Dann siehst du erst die Berge und den Schnee.“

„Ich seh' die Berge auch anders“, beharrte Marlene. „Mutti, fahre doch bald mit uns in die hohen Berge und nach Pinzau. Ich möchte zu den kleinen Pferdchen, die noch nicht richtig stehen können.“

„Ja, ja, Mutti, fahre nur bald los mit den beiden Fipsen“, rief Jürgen, „die Kinder machen uns nervös. Immer dieses blöde Gequatsche! Wenn du nicht mal weißt, dumme Marlene, daß du in den Pinzgau fährst, wirst du nicht mitgenommen.“

„Gelacht, dummer Junge, – ich bin ein kranker Fips, der sich nicht erholen kann. Mein Herz geht – – Mutti, wie geht mein Herz?“

„Seid friedlich, Kinder! Wie die Berge sind, wirst du sehen, wenn du hinkommst. Auch viele kleine Pferdchen sind dort, denn im Pinzgau treiben die Bewohner Pferdezucht. Auf den Wiesen laufen viele Pferde umher mit ihren kleinen Pferdchen.“

„Können sie noch nicht richtig hopsen, Mutti?“

„Wenn sie noch ganz jung sind, machen sie drollige Sprünge und stehen breitbeinig neben ihrer Mutter.“

Hermann und Jürgen wollten sofort wissen, wie die Pferdchen stehen. Sie stellten sich auf Hände und Füße, spreizten sie und führten im Zimmer tolle Sprünge aus.

„Ja, ja“, sagte Goldköpfchen, „so ist es richtig. Aber nun ist es genug!“

Als Marlene später im Kinderzimmer war, holte sie Jürgens Pferdestall hervor, um dem kleinen Fips, Adele, zu zeigen, wie die Pferde „in Pinzau“ auf der Wiese ständen. Sie packte die dünnen Holzbeine mit beiden Händchen an, und schon nach wenigen Augenblicken waren mehreren Pferden die Beine abgebrochen.

„Jetzt haut er mich“, sagte Marlene kläglich, „und ich wollte dir doch nur zeigen, wie die Pferdchen in Pinzau hopsen.“ Dann warf sie Pferde und abgebrochene Beine in den Pferdestall, hing ein Tuch darüber und wartete ängstlich auf das Strafgericht, das wahrscheinlich noch vor der Abreise kommen würde.

Das Kinderfräulein, das im Zimmer aufräumte, nahm das Tuch wieder fort, sah die zerbrochenen Pferde und holte den Leimtopf, um den Schaden zu beseitigen. Noch bei der Arbeit kamen Stefan und Jürgen ins Zimmer. Auf Jürgens Stirn erschien eine tiefe Falte.

„Was machst du denn da, Fräulein Rettich?“

„Ich leime den Pferden die Beine an.“

„Was fällt dir denn ein, mit meinen Pferden zu spielen und ihnen die Beine abzubrechen! So ein oller Rettich hat mit meinen Sachen nicht zu spielen.“

„Was fällt dir denn ein, Jürgen? Was ist das für ein Ton, den du anschlägst?“

„Wenn du doch meine lieben Pferde hinschmeißt, – wenn die armen Viecher dabei kaputt gehen – verdienst du was auf die Hinterbrust.“ Ungestüm riß Jürgen die geleimten Pferde fort, so daß die Beine wieder abgingen.

„Alles kaputt, – alles hast du zerschmissen, oller Rettich!“

„Hast du das nicht selbst getan, Jürgen?“

Jürgen stemmte beide Arme in die Hüften. „Nu ist mir das aber zu bunt“, rief er erregt. „Wenn du meine Pferde kaputt machst, oller Rettich, hast du das ehrlich zu sagen, aber – aber – –“

„Jürgen – –“

„Hier haste die kaputten Pferde“, schrie der Knabe und warf das Spielzeug nach dem Kinderfräulein. „So, und jetzt kaufe mir neue Pferde! Den kaputten Dreck kannste dir behalten!“

Goldköpfchen, die im Nebenzimmer aus den Schränken Kleider holte, die eingepackt werden mußten, hörte voller Entsetzen die unartigen Worte ihres zweiten Sohnes. War das ihr sonst so artiger Junge?

„Betrage dich anständig, Jürgen", rief Fräulein Rettich erregt.

„Du hast mir gar nichts zu sagen, du – – du – –"

Nun war es genug. Goldköpfchen stieß die Tür auf und Jürgen biß sich erschrocken auf die Lippen. Er wußte genau, daß er wieder einmal zu heftig geworden war und den sonst so lieben Rettich geärgert hatte.

„Mutti, sie hat mit meinen Pferdchen gespielt und alle zerbrochen!"

„Wer hat gespielt?" fragte Goldköpfchen ruhig.

„Der olle – – die da! Fräulein Rettich!"

„Ich fand die zerbrochenen Pferde im Stall liegen und glaubte dir eine Freude zu machen, wenn ich ihnen die Beine wieder anleimte."

„Nun, Jürgen? – – Wer hat die Pferde zerbrochen?"

„Sie waren doch alle kaputt, und als ich kam, hat sie – hat das Fräulein Rettich geleimt."

„Ich möchte wissen, wer die Pferde zerbrochen hat, Jürgen?"

Der Knabe nagte an der Unterlippe.

„So werde ich erst einmal fragen, und dann wirst du wissen, mein lieber Jürgen, was ein anständiger Junge zu tun hat."

„Ich werde fragen", rief Jürgen, denn er war froh, aus dem Zimmer zu kommen, weil er sich vor der Mutti und Fräulein Rettich schämte.

Zu Hermann brauchte er nicht erst zu gehen, der zerbrach keine Spielsachen. Aber Fritz kam in Betracht.

Fritz, Marlene, Adele und Ulla waren gerade bei Frau Leuschner. Marlene ging, als Fritz eintrat, sofort hinter den Vorhang.

„Wer hat meine Pferde zerbrochen?"

Fritz beteuerte seine Unschuld.

„Jetzt weiß ich's", rief Jürgen und schlug auf die Gardine los, hinter der sich etwas bewegte. „Was kümmern dich meine Pferde?"

„Ich wollte doch nur sehen, ob deine Pferdchen auch so hopsen können, wie die in Pinzau!"

Frau Leuschner hatte Mühe, zwischen den beiden erregten Kindern Ordnung zu stiften.

„Jetzt kommst du mit", rief Jürgen, „da habe ich nach dem Rettich geschmissen und müßte eigentlich nach dir schmeißen. – Jetzt muß ich mich entschuldigen, und du bist doch schuld an allem! Komm mit oder – es geschieht was!"

„Ja, geh nur mit, Marlene", sagte Frau Leuschner. „Da du die Pferde zerbrochen hast, kannst du auch deine Strafe haben."

„Ich wollt' doch nur sehen – –"

„Kommste mit – oder – –" Jürgens Gesicht glühte.

Da trippelte Marlene hinter dem Bruder her, hinüber ins Kinderzimmer. „Mutti, ich wollte doch nur sehen, ob die Pferde in Pinzau –"

„Sie hat sie kaputt gemacht", ereiferte sich Jürgen.

Marlene kam mit einer Ermahnung davon, Jürgen hingegen wurde lange von Goldköpfchen angesehen. Schließlich sagte sie: „So, Stefan und Marlene, wir gehen nun hinaus, ihr sollt mir beim Einpacken helfen."

Jürgen war mit Fräulein Rettich allein im Zimmer. Das gutherzige Kinderfräulein hatte bereits den Pinsel in der Hand und begann wieder mit dem Leimen.

Jürgen machte erst mehrmals den Mund auf und zu, daß seine Zähne laut aufeinanderschlugen. Das tat er immer, wenn ihm die Worte, die er sagen wollte, sauer wurden. Er behauptete, sie rutschten dann leichter über die Lippen. Fräulein Rettich ließ ihn ruhig klappern. Es schien, als beachte sie den Knaben gar nicht. – Endlich näherte sich Jürgen dem Kinderfräulein und drehte energisch am Knopf seiner Jacke. Sehr bald hatte er ihn in der Hand.

„Sieh mal her, Fräulein Rettich“, sagte er freundlich, „nun ist so ein dummer Knopf schon wieder abgegangen. Es tut mir leid, daß du wieder nähen mußt. – Du hast ja ganz klebrige Finger, Fräulein Rettich, laß nur die ollen Pferde. Sie sind auch schön ohne Beine.“

Fräulein Rettich erwiderte nichts.

„Brauchst nicht mehr zu leimen, – laß nur!“

Wieder wartete Jürgen, daß eine Antwort käme. Es kam keine. Nochmals klapperten die Zähne.

„Es hat doch nicht weh getan, als ich nach dir schmiß? – Es sind doch nur kleine Pferde und kleine Beine gewesen. Der Stefan schmeißt oft nach mir, und das tut mir auch nicht weh.“

Als auch jetzt nichts gesagt wurde, streckte Jürgen mit einem Ruck die Hand vor. „Sei nicht mehr böse, lieber Rettich! Ich habe ja nicht gewußt, wer die Pferde zerbrochen hat. – Ich habe dich wieder sehr lieb. – Und jetzt bist du wieder gut. – Ja?“

„Freilich, Jürgen, aber das nächstemal fragst du zuerst, wer dein Spielzeug zerbrochen hat. Außerdem wirft man niemals einem Erwachsenen etwas an den Kopf. – Und nun wollen wir gemeinsam die Beine anleimen, und dann ist alles vergessen.“

„Nee, die Marlene kriegt noch Schacht!“

„Wie wird ein zehnjähriger Knabe ein fünfjähriges Mädchen schlagen! – Marlene war lange Zeit krank und ist –“

„Ein Fips“, sagte er verächtlich. „Nun ja, einen Fips werde ich nicht verschachten.“ Dann leimten beide in größtem Frieden die abgebrochenen Pferdebeine wieder an.

Goldköpfchen war bald von allen Kindern umringt. Beim Packen der Koffer zuzusehen, war für alle eine große Freude. Sie brachte es auch nicht übers Herz, die Kleinen hinauszuschicken, obwohl sie durch das beständige Fragen stark abgelenkt wurde. Außerdem brachten Marlene und Adele immerfort Spielsachen herbei, die die Mutti einpacken sollte.

Wenn man nach „Pinzau" kam, mußte man auch etwas zum Spielen haben.

„Adele will auch das weiße und das rote Kleidchen mithaben. Adele will hübsch sein. – Mutti, sind in Pinzau viele hübsche Mädchen oder bin ich ganz allein dort?"

„Es gibt dort viele niedliche Mädelchen. Manche sind noch viel niedlicher als du."

„O nein", sagte die Kleine, „alle sagen, ich bin soooo hübsch!"

Wie merkwürdig, daß gerade die kleine Adele so eitel war. Keines der anderen Kinder besaß diese unschöne Eigenschaft. Freilich, Adele war ein bildhübsches Kind, das überall auffiel. Gingen Frau Leuschner oder Fräulein Rettich mit dem Kinde spazieren, wurden sie häufig angehalten; jeder sprach dann von dem lieblichen Geschöpfchen oder von dem bildschönen Kinde mit dem Engelsköpfchen. So hatte sich Adele den Namen „Lieblichkeit" gegeben und freute sich sichtlich über jedes Lob, das man ihr zollte.

„Du bist aber gar kein schönes Mädchen, Adele", sagte Goldköpfchen, „wenn du immerfort sagst, daß du niedlich bist. Es kann eine böse Krankheit kommen, und du wirst garstig. Das geht vielen Kindern so, die viel von ihrer Niedlichkeit reden."

„Ach, Mutti, – dein kleinster Fips ist eben niedlich!"

Hermann kam mit dem Schulatlas und bat die Mutter, sie möge ihm auf der Karte zeigen, wo der Pinzgau läge. Goldköpfchen unterbrach das Einpacken und neigte sich über die Landkarte.

„Schau her, Hermann, hier liegt der Pinzgau, im Lande Tirol."

„Ach, in Tirol", sagte Stefan, „das ist doch das Land, wo die Leute immerfort jodeln und das Echo rufen."

„Wie meinst du das?" fragte Goldköpfchen.

„Ida singt doch ein Lied von Tirol, wo weit über die Berge hin das Echo schallt und wo sie dann unter deutschen Eichen begraben sein wollen."

„Ach so", sagte Goldköpfchen, „du meinst das hübsche Lied: „Tirol, Tirol, du bist mein Heimatland." Du wirst es auch einmal lernen. Aber die Tiroler haben keine Zeit, um nur zu jodeln. Ihre Bergbauern müssen schwer arbeiten. Ihr Land ist bergig, so haben sie unendliche Mühe, ihre Ernte einzubringen. Das Gras, das an den steilen Berghängen wächst, müssen sie mitunter mit der Sichel schneiden, können es nicht mähen, wie unsere Bauern. Sie müssen die steilen Berglehnen hinaufsteigen, um zu säen und zu ackern."

„Sind im Pinzgau auch Berge, Mutti?"

„Ich kenne es noch nicht, Hermann, aber Berge sind auch dort. Sogar hohe Berge. Es soll eine schöne und gesunde Gegend sein; unsere beiden Fipse werden sich gut erholen."

„Du auch", sagte Hermann innig.

„Ja, mein lieber Junge, deine Mutti auch. Aber sie wird viel an euch denken. Hoffentlich seid ihr daheim recht artig und es kommen keine Klagen an mich. Frau Leuschner und Fräulein Rettich sollen mir Bericht erstatten."

„Die verpetzen uns nicht", sagte Jürgen, „da kannste Gift drauf nehmen!"

„Nee, die olle Leuschner verpetzt uns bestimmt nicht, die haut uns lieber selber 'nen Katzenkopf."

„Nun, der Vater ist ja auch da", sagte Goldköpfchen, „er wird ein strenges Regiment führen."

Erna schmiegte sich an die Mutter und sagte im Flüstertone: „Nee, Mutti, den wickeln wir ein. Mit dem spielen wir Doktor, er ist der kranke Patient, von dem haben wir nichts zu fürchten."

„Na, na", sagte Stefan zweifelnd, „manchmal müssen wir uns schon fürchten."

„Ich fürchte mich nicht", sagte Erna, „ich weiß schon, wie man so 'nen Mann zu nehmen hat."

„Der kriegt eine Ziehkarre“, rief Fritz, „dann raucht er den ganzen Tag, da hat er den Mund voll und kann nicht sprechen.“

„Aber, Kinder“, sagte Goldköpfchen entsetzt, „was sind das für Worte über euren lieben Vater?“

Wieder war es Erna, die beruhigend sagte: „Hab' nur keine Sorge, Mutti, ich habe genau aufgepaßt, wie du einen Mann behandelst. Ich bin ja auch ein Goldköpfchen! Wenn ich dann was will, ist er ganz still und schaut mich so an. – Guck mal her, Mutti!“ Dabei legte Erna den Kopf auf die Seite, drehte die Augen ein wenig zum Himmel und sagte mit tiefer Stimme: „Was meinst du, mein liebes Bärbel?“

Goldköpfchen hielt es für richtig, das Gespräch abzulenken. „Also vom Pinzgau soll ich erzählen. Wir gehen in ein Gebirgsdorf. Dort gibt es keine großen Hotels wie in Dresden, dort gibt es auch kein Theater, kein Kino, aber jedes Haus hat eine große Holzveranda, auf der man sitzen kann. Überall blühen schöne Blumen, und die Vögel singen noch viel schöner als hier, weil sie überall Wald, Wiesen und Wasser haben. Dann kommen die Kühe mit Glocken um den Hals, die läuten wunderschön – –“

„Und dann kommen die kleinen Pferdchen, die so – die so – –“ Marlene verstummte und blickte zu Jürgen hinüber, der die Hand zur Faust ballte.

„Und Ziegen weiden auf den Wiesen. Die Menschen aber sind gut und freundlich. An den Sonntagen tragen sie eine besondere Kleidung. Oh, ihr werdet viel Neues sehen!“

„Weiß schon“, sagte Jürgen, „jeden Tag kommen Maulesel und bringen den Schnee von den Bergen herunter. Dann machen die Leute im Tale eine Sprungschanze, damit sie auch im Sommer auf den Schneeschuhen umherlaufen können.“

„Nein, Jürgen, so ist es nicht!“

„Mutti“, Adele drängte sich vor, „kriegen wir in Pinzau auch immer Kaputt?“

„Die Marlene macht alles kaputt“, schrie Jürgen.

„Mutti, kriegen wir Kaputt?"

Goldköpfchen verstand die Sprache ihres Fipses. „Ja, es gibt viel Kompott! Im Pinzgau wächst viel Obst, ihr werdet reichlich Obst zu essen bekommen."

„Auch Eierkuchen?" fragte Erna.

Da öffnete sich die Zimmertür, Doktor Kirschner trat ein. Seine Sprechstunde war beendet. Man hatte ihm gesagt, daß seine Frau mit sieben Kindern im Wohnzimmer wäre. Alle hülfen beim Einpacken. Da war es richtig, wenn er das geplagte Goldköpfchen von der lebhaften Schar befreite. Wie konnte sie alles überlegen, wenn Hunderte von Fragen um sie herumschwirrten?

Er war kaum eingetreten, als sich Erna an ihn wandte. „Vati, – die Mutti wird fortfahren, und wir Kinder sind dann allein, ohne eine Mutti. Aber wir haben einen Vati, und Vati spielt mit den Kindern ganz besonders schön, wenn die Mutti fort ist. – Vati, versprich uns, immer recht schön mit uns zu spielen, damit die Mutti ohne Sorgen nach dem Pinzgau fahren kann. Wir sollen ihr auch versprechen, artig zu sein. – Vati, gib mir deine Hand darauf."

„Nun, wenn der Vati Zeit hat, wird er gern mit euch spielen."

„Hast du jetzt Zeit?"

„Ja, jetzt hat der Vati Zeit!"

Doktor Kirschner hielt es für richtig, seine Frau ungestört einpacken zu lassen. „Wer also mit dem Vati spielen will, der kommt mit."

Alle stürmten hinter ihm her, nur Hermann blieb zurück. Er bat die Mutter, hierbleiben zu dürfen, um ihr alles herbeizuholen.

Im Herrenzimmer sah sich Doktor Kirschner von seinen Kindern umringt. Er ließ sich zum Diwan führen, und Erna befahl:

„Nu lege dich hin. Du bist jetzt ein Patient, und gleich kommt der Doktor!"

Doktor Kirschner legte sich auf den Diwan. „Warte“, rief Erna, „ich hole nur die Brille.“ Sie schoß davon, um eine blaue Brille zu holen, die sie stets auf die Nase setzte, wenn sie den Arzt spielte. Währenddessen zog Fritz das Taschentuch heraus, um es dem Vater um den Hals zu binden.

Doktor Kirschner wehrte entsetzt ab. „Das ist ein Schmutzlappen, mein Junge, aber kein Taschentuch.“

„Laß nur, Vati, es heilt auch mit Dreck!“

„Nein, mein Junge, schäme dich, mit so einem unsauberen Taschentuch herumzulaufen. Gleich laß dir ein sauberes geben! Was hast du denn damit gemacht?“

„Ich soll mir doch nicht immer die Finger schmutzig machen, da habe ich eben die Kohlen in der Küche mit dem Tüchel angefaßt.“

„Ich muß erst den Puls des Kranken fühlen“, sagte Jürgen, „er hat furchtbar viele Schläge. Ich werde die Uhr ziehen.“ Er nahm einen Stein aus der Tasche und starrte, während er die Hand des Vaters hielt, auf den Stein. „Ja, lieber Herr, Sie sind sehr krank. Man müßte Sie eigentlich auch nach dem Pinzgau schicken. – Aber wir werden das schon bekommen.“

„Hier tut es auch weh“, sagte der Vater, zog ein schmerzliches Gesicht und zeigte auf den Magen.

„Ach, das kennen wir“, sagte Jürgen verächtlich, „wenn ich mich überfressen habe, tut es da weh. Nehmen Sie Kamillentee, ich werde Ihnen den Tee sofort verschreiben.“

„Wo tut es noch weh?“ fragte Marlene.

„Da so viele Ärzte um mich sind“, sagte der Vater, „werde ich bis morgen wieder gesund sein.“

„Das werden Sie, nehmen Sie nur Lebertran!“

Erna kam mit der blauen Brille zurück. „Nun, lieber Alter, wo schmerzt es?“

„Am rechten Fuß“, sagte der Vater.

„Haben Sie den Fuß gleich mitgebracht, damit wir ihn untersuchen können?“

„Ach, den habe ich daheim gelassen!“ Doktor Kirschner unterdrückte das Lachen.

„Dussel“, rief Jürgen und stieß Erna zur Seite. „Herr Kollege, Sie sind recht dumm, der Fuß ist doch angewachsen. Also im rechten Fuß? Bitte, zeigen Sie mir die Schmerzstelle!“

Der Vater hielt den linken Fuß hin. Jürgen begann daran herumzudrücken. „Ja, hier fühle ich eine Schwellung, – da werden wir schneiden müssen.“

„Ach, Herr Doktor“, sagte Kirschner, „ich habe mich geirrt und Sie auch. Ich habe Ihnen ja den falschen Fuß hingehalten. In Zukunft müssen Sie besser aufpassen, Herr Doktor. Sie hörten doch, daß mein rechter Fuß schmerzt. Sie scheinen also ebenso unerfahren zu sein wie Ihre Kollegin, die Sie soeben von meinem Krankenlager fortstießen.“

„Das haste gut gesagt, Vati“, lachte Erna strahlend, „ich weiß ja, du hast mich als Doktor am liebsten, und darum werde ich dich jetzt veroperieren.“

In diesem Augenblick begann unten ein Drehorgelmann zu spielen. Da liefen alle Kinder aus dem Zimmer, die Operation war vergessen, und Doktor Kirschner erhob sich lachend von seinem Schmerzenslager.

Wir fahren in die Welt!

Nun war es soweit. Das Auto stand mit den Koffern beladen vor der Tür des Doktorhauses. Doktor Kirschner wollte seine Frau und seine beiden Kinder von Heidenau bis nach Dresden bringen, damit sie dort den Schnellzug erreichten, der sie über München ins Land Tirol führen sollte. Es wurde von den älteren Kindern sehr bedauert, daß sie die geliebte Mutti nicht begleiten konnten, doch mußten sie in die Schule gehen, und so hatten sie sich früh etwa zehnmal verabschiedet. Erna und Fritz erklärten offen, sie möchten eigentlich auch gerne Fipse sein, um mit der Mutti fortfahren zu können.

Seit Tagen sang Marlene dasselbe Lied:

„Aus grauer Städte Mauern
Ziehn wir durch Wald und Feld.
Wer hier bleibt, muß versauern,
Wir fahren durch die Welt.
Halli, hallo, wir fahren, wir fahren durch die Welt."

Auch Adele stimmte mit in den Gesang ein und krähte lustig:

„Wer hier bleibt, muß versauern
Wir fahren in die Welt."

Im Hause gab es noch viel Hin- und Herlaufen; Goldköpfchen traf die letzten Anordnungen. Es wurde ihr nicht leicht, für vier Wochen Haus und Kinder zu verlassen, aber es mußte sein. Die Hauptsache war, daß Marlene und Adele gekräftigt zurückkamen.

Frau Leuschner setzte Adele die Mütze auf das Blondhaar. „Und nun sei recht artig, Adele! Immer hübsch folgsam, sei ein braves Kind. Willst du rasch noch einmal verschwinden?"

„Ich bin schon spazierengegangen, Frau Leuschner", sagte Marlene, „ich brauche nicht mehr."

„Adele will auch nicht spazierengehen, sie ist spazierengegangen."

„Dann ist es gut", sagte Frau Leuschner. Die Kinder gebrauchten von jeher diese Redewendung, man wußte ja, was sie wollten, wenn sie verlangten spazierenzugehen.

„Nun aber los", drängte der Vater, „der Zug in Dresden wartet nicht auf uns!"

„Wir fahren, wir fahren in die Welt", sang Marlene, „wir fahren nach Pinzau zu den kleinen Pferdchen und zu den Ziegen, die Salz fressen."

Dabei drückte sie die große Puppe, die die Reise unbedingt mitmachen mußte, fester in den Arm.

„Hier, Adele, ist deine Puppe“, sagte Frau Leuschner, „du wolltest sie doch auch mitnehmen.“

Adele schüttelte den Kopf. „Adele nimmt den kleinen Wauwau. – Hübsche Kindchen gehen immer mit hübschem Wauwau.“ Krampfhaft hielt sie den weißen Wollhund fest. Dann ging es ans Einsteigen, noch ein kräftiges Winken, das Auto mit den Reisenden fuhr davon.

„Aus graue Städte Mauen, ziehn wir durchs Feld, wer hier bleibt muß versauen, wir fahren durch die Welt“, sang die kleine Adele ununterbrochen.

Dresden war erreicht. Doktor Kirschner fand für Frau und Kinder ein nur schwach besetztes Abteil. Marlene verzog das Gesicht.

„Vati, – wir möchten in einen anderen Wagen, wo weiche Kissen sind. Nicht auf die olle Holzbank.“

„Nein, mein Kind, ihr fahrt sehr gut auf der Holzbank, zumal die Mutti Decken mitgenommen hat.“

„Vati, wir fahren noch hübscher auf den Kissen. Laß uns doch wieder 'raus, Vati.“

„Sei dankbar, Marlene, daß du überhaupt fahren darfst“, tadelte Goldköpfchen. „Wir haben ein wunderschönes Abteil; Mutti sitzt am Fenster, so könnt ihr hinaussehen. Schau, wir haben sogar einen kleinen Klapptisch.“

Sofort begann Marlene den Klapptisch zu untersuchen. Dann musterte sie die Mitreisenden. Der Mutti gegenüber saß ein Herr mit weißem Bart, neben ihm eine ziemlich dicke Frau, die eifrig aß. In der Ecke an der Tür saß ein junges Mädchen, das die Zeitung vor dem Gesicht hatte und las.

„Mutti, ich kann die gar nicht sehen“, sagte Marlene halblaut. „Sie hält das Papier vors ganze Gesicht.“

„Ich wünsche dir eine gute und erträgliche Fahrt, mein liebes Bärbel“, rief Doktor Kirschner ins Abteil hinein. Dann wurden die Wagentüren geschlossen, und wenige Augenblicke später fuhr der Zug aus der Halle.

Goldköpfchen nahm die dreijährige Adele auf den Schoß, Marlene saß an ihrer linken Seite. Sie hatte zunächst damit zu tun, die Mitreisenden zu beobachten.

„Mutti, sie ißt schon. Wollen wir nu' auch essen?“

Nur der weißbärtige Herr beachtete die beiden Kinder. Die anderen beiden Mitreisenden kümmerten sich gar nicht um die neu Hinzugestiegenen.

„Ein Großpapa“, sagte Adele. „Mutti, wohin fährt der Großpapa?“

„Nach München“, sagte der alte Herr freundlich.

„Mutti, klapp doch mal den Tisch auf.“

„Nein, Marlene, Mutti hat den kleinen Fips auf dem Schoß, da geht es nicht.“

„Willst du mal den Tisch aufklappen, Großpapa?“

Der alte Herr tat es.

„Nu klapp wieder zu.“

Auch das geschah.

„Nu laß mich mal aufklappen.“

„Marlene, du sollst dich zu mir setzen. Du hast deine Puppe, der darfst du erzählen, daß wir in die weite Welt fahren.“

„Ich erzähle aber viel lieber mit dem Großpapa.“

„Lassen Sie die Kleine ruhig fragen“, sagte der alte Herr freundlich. Doch die dicke Dame machte bereits ein ungnädiges Gesicht, als Marlene erneut verlangte, daß der Tisch auf- und zugeklappt werden solle.

Man war noch keine halbe Stunde gefahren, und schon hatte Marlene innige Freundschaft mit dem Großpapa geschlossen. Sie drückte ihm die Puppe in den Arm und verlangte, er möge sie einsingen.

„Ein recht unartiges Kind“, murmelte die dicke Frau.

Marlene legte beide Hände auf den Rücken und betrachtete mit ihren großen blauen Augen die Mitreisende. Es sah recht drollig aus, wenn die Frau in ihr Brot biß. Dann wackelte die schwarze Brille auf ihrer Nase, und der Mund wurde sehr breit.

„Mutti, sieh mal! Der Mund geht beinahe bis an die Ohren, wenn sie ißt!“

Goldköpfchen zog das kleine Mädchen energisch zu sich, rückte zur Seite und ließ Marlene am Fenster sitzen.

„Schau, wie die Telegraphenstangen und die Bäume am Fenster vorüberfliegen.“

„Sie fliegen nicht, Mutti, sie stehen doch fest. – Mutti, hast du schon die dicke Frau gesehen?“

Es kostete Goldköpfchen Mühe, die Gedanken der Kinder von den Mitreisenden abzulenken. Marlene war schon öfters in der Eisenbahn gefahren, so war ihr das Reisen nichts Neues. Die essende Frau gefiel ihr viel besser. Trotzdem gelang es Goldköpfchen, die Kinder zum Stillsitzen zu bewegen. Sie erzählte ihnen im Flüstertone ein Märchen. Als das Märchen beendet war, rutschten Marlene und Adele unruhig auf der Bank umher.

„Wie heißt du denn, kleines Mädchen?“ fragte der weißhaarige Herr.

„Geheißen habe ich mal Marlene, jetzt heiße ich Fips.“

„Und das Schwesterchen?“

„Das ist der kleine Fips.“

„Wo fahrt ihr hin?“

Da begann Marlene zu erzählen. Sie sprach von den Pferdchen, den Ziegen, den Kühen, von den hohen Bergen. Als Goldköpfchen dann die Kleine ermahnte, endlich still zu sein, wehrte der alte Herr ab.

„Lassen Sie die Kleine ruhig reden, ich habe Kinder sehr gern."

Es ging für die nächste Stunde recht gut. Adele kuschelte sich in den Arm der Mutter, schien müde zu werden und war still. Marlene saß auf den Knien des alten Herrn und fragte ihn allerlei. Die dicke Dame war weiter abgerückt.

Es wurde unerträglich heiß im Abteil, und man mußte das Fenster ein wenig öffnen. Da wollte Marlene hinaussehen. Aber weder Goldköpfchen noch der alte Herr ließen das zu. Bei einer scharfen Kurve fiel der graue Filzhut des Weißhaarigen auf die Erde.

„Schau, kleiner Fips, mein Hut wird ungeduldig, er möchte recht schnell nach München kommen, er will nicht mehr Eisenbahn fahren."

Marlene betrachtete den Hut aufmerksam. „Weiß der Hut, daß er nach München fährt?"

„Freilich, das ist nämlich ein Wunderhut. Wenn ich pfeife, kommt er an."

„Dann pfeife doch mal!"

Der alte Herr nahm den Hut in die Hand, pfiff und schleuderte im selben Augenblick den Hut gegen sein Gesicht.

„Noch mal!"

„Paß gut auf", sagte der Großpapa und stellte Marlene neben sich auf die Bank. Er beugte sich ein wenig zum Fenster hinaus, nahm den Hut, machte eine schleudernde Bewegung mit dem Arm und zeigte dem Kinde die andere Hand. „Jetzt ist er weg, – und jetzt werde ich pfeifen, da kommt er wieder."

Ein langgezogener Pfiff ertönte, – da war der Hut auch schon wieder da. Der Großpapa hatte das Zauberkunststück recht geschickt ausgeführt, so daß das kleine Mädchen nicht merkte, daß der Filzhut von der anderen Hand festgehalten worden war.

Die Bäckchen Marlenes färbten sich rot. „Noch mal“, jubelte sie.

Der kinderliebe alte Herr zeigte das Kunststück zum zweiten Male, und wieder kam der Hut auf seinen Pfiff durchs Fenster zurückgeflogen.

„Kommt mein Hut auch, wenn du pfeifst?“

„Nein, nur mein Hut kommt zurück.“

Ehe es sich der freundliche Herr versah, ergriff Marlene seinen grauen Filzhut und schleuderte ihn aus dem geöffneten Fenster. „Nu pfeife mal!“

„Marlene!“ rief Goldköpfchen entsetzt. Aber auch der alte Herr war sehr betreten, er mußte mit dem Verlust seines Hutes rechnen.

„So pfeif doch!“

„Da sieht man wieder einmal, was sich unartige Kinder erlauben“, murmelte die dicke Frau.

Goldköpfchen stammelte Entschuldigungen. Es war ihr sehr unangenehm. Was sollte nun werden? Wie konnte sie dem freundlichen Mitreisenden wieder zu seinem Hute verhelfen? Immer neue Worte kamen von ihren Lippen, schließlich unterbrach der Weißhaarige die erregte Mutter.

„Die Schuld an diesem Vorfall trage ich ganz allein, das steht ohne Zweifel fest. Ich werde den Verlust dem Zugbegleiter melden, und es ist möglich, daß ich meinen Hut wiederbekomme. Außerdem habe ich eine Mütze im Koffer.“

„Marlene!“ Goldköpfchen griff nach dem gehäkelten Netz, das auf dem Tischchen lag und den Reiseproviant barg. Die Kleine hatte das Netz genommen und wollte es dem Hute nachwerfen.

„Mutti, vielleicht kommt es auch wieder, wenn er pfeift!“

Da bekam Marlene einen Schlag auf die Hand, dann wurde ihr sehr energisch geboten, ruhig auf der Bank sitzenzubleiben und mit der Puppe zu spielen. Das ging ein Weilchen ganz gut, dann wurde Marlene wieder unruhig. Sie rutschte von der Bank hinunter. Ihr Interesse galt jetzt dem jungen Mädchen in der Ecke des Abteils, das nicht mehr las, sondern mit geschlossenen Augen in der Ecke lehnte. Wohl eine Minute lang stand die Kleine vor der anscheinend Schlafenden, dann kam sie leise zur Mutter zurück.

„Ist sie tot?"

„Nein, sie schläft. Du mußt also sehr ruhig sein."

Unverwandt blickte das Kind hinüber. „Mutti, – sie ist doch tot! Ich höre sie nicht atmen."

„Nein, Marlene, das Fräulein schläft."

Aber Marlene wollte es nicht glauben. Die Schlummernde hatte den einen Fuß vorgestreckt; vielleicht konnte sie mal darauftreten, um zu wissen, ob sie wirklich nur schlief. Wenn sie tot war, mußte man doch einen Doktor holen.

Goldköpfchen, die sich mit der unruhig gewordenen Adele zu beschäftigen hatte, achtete nicht auf Marlene, die setzt den rechten Fuß erhob und mit aller Kraft auf den vorgestreckten Fuß der Schläferin setzte.

Die Tote fuhr auf. „Was fällt dir ein!"

„Du bist also nicht tot", klang es liebevoll aus dem Munde des kleinen Mädchens, „na, dann ist es ja gut!"

Wieder wurde der große Fips zurückgerufen, und wieder mußte er still auf der Bank sitzen. Nun gab es Birnen zu essen. Das hatte Erfolg. Marlene kam sich sehr großartig vor, als ihr Goldköpfchen eine weiße Papierserviette auf das Kleid legte.

Auch Adele bekam von der Mutter zurechtgemachte Birnenscheiben. Mit zwei Fingern griff sie jedes Stückchen Obst und steckte es behutsam in den kleinen Mund. Bei Marlene fiel manches Stück Birne auf die Papierserviette, ihre Finger waren bald recht klebrig.

„Wie niedlich und appetitlich Ihre Kleine ißt. – Es ist ein reizendes Kind, so ein richtiges kleines Engelchen.“

„Ich bin doch die kleine Lieblichkeit“, sagte Adele und lächelte den alten Herrn an.

„Stimmt, kleiner Fips, das bist du!“

Goldköpfchen seufzte auf. Es war immer dasselbe. Überall erregte Adele Bewunderung, von jedem hörte sie Schmeicheleien.

„Die kleine Lieblichkeit kann auch recht unartig sein“, sagte Goldköpfchen.

„Das glaube ich nicht“, lachte der alte Herr. „Der andere Fips macht Ihnen sicherlich mehr zu schaffen.“

Adele lauschte aufmerksam den Worten des alten Herrn. „Soll Adele mal zu dir kommen? Willst du Adele mal ganz nahe sehn?“

„Nein, kleiner Fips, du bleibst bei mir“, sagte Goldköpfchen.

Der Zug sauste weiter, und Goldköpfchen war für jede Stunde dankbar, die ohne unliebsame Zwischenfälle verstrich.

Da ertönte im Gange des Wagens ein dumpfer Ton. Die beiden Kinder horchten auf. „Mutti, jetzt kommt Musik!“

„Nein, ihr Kleinen, es ist der Kellner aus dem Speisewagen, der den Reisenden sagt, sie sollen zum Essen in den Speisewagen kommen.“

Wie der Blitz war Marlene von der Bank herunter und stand an der Schiebetür. Der Schlag des Gongs kam näher und immer näher.

„Mutti, mach doch fix die Tür auf, ich möchte mitgehen!“

„Nein, du bleibst hier. Wir lassen uns nachher Fleischbrühe bringen. Die Mutti hat alles mit, was wir zum Essen brauchen.“

Da wurde schon die Tür aufgeschoben, ein Mann in weißer Jacke steckte den Kopf herein und rief: „Zum ersten Diner!“

Goldköpfchen wurde von beiden Kindern bestürmt, es solle ihnen sagen, was das zu bedeuten habe. Der alte Herr gab alle gewünschten Auskünfte, und Marlene wollte durchaus in den Speisewagen gehen.

„Mutti, laß mich nur mal gucken!"

Aber Goldköpfchen erlaubte es nicht.

An einer starken Kurve, die der Zug machte, kam ganz plötzlich der Strohhut der dicken Frau aus dem Netz herunter. Er sprang auf ihren Schoß und kollerte dann auf dem Boden im Abteil noch ein wenig entlang.

Marlene stieß die Mutter in die Seite. „Mutti, is das ein Ulk!"

Die Mitreisende hatte den Hut aufgehoben und legte ihn wieder über sich ins Netz, doch nach wenigen Augenblicken kam er zum zweiten Male herunter. Da begann Marlene schallend zu lachen. Sie lachte so herzlich, daß sich ihr kleiner Körper schüttelte.

„Marlene, sei ruhig!" gebot die Mutter.

Der Hut lag wieder im Netz, wackelte jedoch bedenklich. Da begann das kleine Mädchen erneut zu lachen. Sie achtete nicht der grimmigen Blicke, die auf sie geschleudert wurden, sie schaute unverwandt auf den Hut. Plötzlich schrie sie auf: „Mutti, er kommt schon wieder angerutscht."

Da erhob sich der alte Herr und legte den Hut sorgsam auf den großen Koffer im obersten Netz. „So, nun kann er nicht mehr fallen."

Dann wurde Marlene sehr still. In ihre Augen trat ein ängstlicher Ausdruck. Sie blieb auch ruhig auf der Bank, und Goldköpfchen blickte verwundert auf die Kleine.

Sie rührte sich noch immer nicht; ihre blauen Augen gingen schuldbewußt hin zur Mutter.

„Fehlt dir etwas, Marlene?"

„Ich habe so gelacht", klang es flüsternd, „da – – da – –"

„Was ist denn, Marlene?"

„Als ich so gelacht habe, bin ich vorhin – – tüchtig spazierengegangen, Mutti, – und da –“, ihre Stimme wurde immer kläglicher, „da hat es mächtig geregnet. – Nun bin ich ganz naß!“

Da wußte Goldköpfchen, was ihrem Töchterchen für ein Unglück zugestoßen war. Unglaublich, daß einem fünfjährigen Mädchen noch so etwas zustoßen konnte. So nahm Goldköpfchen den Koffer aus dem Netz und holte einige Wäschestücke hervor.

„Komm mit mir, Marlene.“

„Geben Sie mir die Kleine“, sagte der alte Herr hilfsbereit, „ich werde sie indessen behüten.“

„Ach, Mutti, es hat so sehr geregnet“, sagte Marlene im Hinausgehen, „aber es ging nicht anders. Ich habe so sehr gelacht – da mußte es regnen.“

Es hatte wirklich bei Marlene sehr stark geregnet. Goldköpfchen mußte das Kind vollständig umziehen.

„Du solltest dich schämen, Marlene. Nicht einmal Adele bringt das fertig, dabei ist sie zwei Jahre jünger als du!“

„Mutti, wenn doch der Hut so gehopst ist – –“

„Nun hast du die Strafe für dein unartiges Lachen.“

„Mutti, ich bin ja schon wieder trocken. – Du hast doch die Strafe, weil du mich ausziehen mußt.“

Als Goldköpfchen mit Marlene wieder ins Abteil kam, fragte der Großpapa schmunzelnd: „Na, hat die Sonne alles wieder getrocknet?“

Marlene fühlte sich beschämt und spielte in der nächsten Zeit recht brav mit ihrer Puppe.

Auf den einzelnen Stationen gesellten sich noch andere Mitreisende hinzu, die aber bald wieder ausstiegen. Marlene betrachtete alle mit größter Aufmerksamkeit, wagte aber nicht mehr, flüsternde Bemerkungen zur Mutti zu machen. Sie merkte, daß Goldköpfchen unzufrieden mit ihr war.

„Ich bin doch dein lieber Fips", sagte sie leise, „wenn wir erst bei den kleinen Pferdchen sind, bin ich furchtbar artig!"

Nur einen Zwischenfall gab es noch, als Goldköpfchen mit Adele das Abteil verließ und Marlene vorher einschärfte: „Du bleibst hier sitzen, du rührst dich nicht von der Stelle, bis ich wiederkomme. – Hast du mich verstanden?"

„Ja, Mutti", klang es ernsthaft zurück, „dein Fips bleibt hier sitzen und rührt sich nicht von der Stelle." Dabei setzte sich das kleine Mädchen breit auf die Bank.

Kurze Zeit darauf hielt der Zug an. Einer der Eingestiegenen nahm seine Sachen zusammen, da er wieder aussteigen mußte.

„Kleines Mädchen, du sitzest auf meiner Zeitung. Steh rasch einmal auf."

Marlene blieb ruhig sitzen. „Ich darf nicht aufstehen."

„Du kannst dich sofort wieder hinsetzen, ich will nur meine Zeitung haben."

„Ich darf nicht aufstehen."

„Mach, daß du herunterkommst!"

„Ich darf doch nicht", rief das Kind erregt.

Da mengte sich der weißhaarige Herr ein. „Du darfst für einen Augenblick aufstehen, kleiner Fips, doch dann mußt du dich wieder niedersetzen."

Doch als das Kind auch jetzt wieder den Kopf schüttelte, zog sie der Mitreisende vom Platz herunter, nahm seine Zeitung und verließ das Abteil.

„Da will man nu' voll Artigkeit sein", schmollte die Kleine, „und da kommt so'n Mann und schubst mich fort. – Ach, kleine Kinder haben es sehr schwer!"

München war erreicht. Der Großpapa verabschiedete sich von Goldköpfchen und den beiden Fipsen. „Bleib doch noch hier, du lieber Mann! Du hast soviel Spaß mit uns gemacht."

„Wir müssen alle aussteigen", sagte die Mutter. „Jetzt steigen wir in einen anderen Zug, der uns nach Tirol führt."

Das Umsteigen machte natürlich Schwierigkeiten, da auf dem großen Bahnsteig viel für die Kinder zu sehen war. Trotzdem hielten sich die Kleinen in größter Nähe ihrer Mutter, weil ihnen das Fauchen der ein- und ausfahrenden Züge unheimlich war.

Goldköpfchen war glücklich, als sie endlich in dem Zuge saß, der sie bis dicht an das Ziel ihrer Reise bringen sollte. Man hatte das Glück, ein Abteil für Mütter mit Kindern zu finden, in dem man zunächst allein war. Willig beantwortete Goldköpfchen alle Fragen. Es war ihr viel lieber, allein belästigt zu werden, als daß die Kleinen den Unwillen der Mitreisenden erregten. Adele wurde müde, sie schlief auf einem aus Decken hergerichteten Lager bald ein. Marlene sang ihr Püppchen in den Schlaf.

„Schlaf, Püppchen, schlaf in Ruh',
Püppchen, mach die Äuglein zu,
Liegst du still und schläfst du brav,
Sing' ich dir vom kleinen Schaf,
Sing' ich dir vom Watschelgänschen,
Mit dem kleinen Wickelwackelschwänzchen.
Schlaf, mein Püppchen, schlaf!"

Überall Neues

Goldköpfchen hatte für den Aufenthalt in dem kleinen Gebirgsorte kein Gasthaus, sondern ein hübsches Bauernhaus gewählt. Es war ein stattliches Anwesen, das einen größeren Vorgarten aufwies, in dem Sommerblumen in üppiger Pracht blühten. Um das Holzhaus führte im ersten Stockwerk eine breite Veranda. Von ihrem Zimmer aus konnte

Goldköpfchen auf diese Veranda hinausgehen. Dort hatte sie einen herrlichen Blick auf Wiesen und Wälder, aber auch auf die hohen Berge des Pinzgaus. Da die Brüstung der Veranda hoch war, bestand keine Gefahr, daß die beiden Fipse hinunterfallen könnten. Trotzdem schärfte die besorgte Mutter beiden Kindern bereits am ersten Tage des Aufenthaltes ein, nicht herumzuklettern, die Veranda überhaupt nur in Begleitung der Mutter zu betreten.

Es war ein großes dreifenstriges Zimmer, das Goldköpfchen gemietet hatte. Neugierig hatten die beiden Kleinen bei der Ankunft alles betrachtet. Hier gab es so vieles, das anders war wie daheim. Keine Tapeten an den Wänden, alles mit hellem Holz verkleidet. Auch die Möbel im Zimmer waren ohne Polsterung. Selbst die Stühle sahen anders aus als die in Heidenau.

„Das ist eben Pinzau", sagte Marlene altklug, „hier ist alles anders, aber hier ist es schön! Morgen gehen wir dort auf den hohen Berg. Guck mal, Mutti, ich stelle mich ganz auf die Spitze, und dann brülle ich laut!"

„Ich glaube, auf diesen hohen Berg werden wir nicht hinaufkommen, kleine Marlene."

„Ich nehme dich an der Hand, Mutti, dann gehen wir los. Ich möchte so gerne auf die Spitze von dem hohen Berg!"

Goldköpfchen ließ sich auf eine weitere Unterhaltung nicht mehr ein. Die Kleinen waren von der weiten Reise ermüdet. Sie wurden zu Bett gebracht, obwohl sie sich dagegen wehrten. Sie wollten erst all das Neue sehen, das sich ihren Blicken bot, und stellten ungezählte Fragen, die Goldköpfchen jedoch nicht mehr beantwortete, sondern nur noch ans Schlafen erinnerte. Die Kinder hatten es dringend nötig, zur Ruhe zu kommen.

„Erzählst du uns morgen mehr? Gehen wir morgen zu dem hohen Berge?"

„Morgen werdet ihr so viel Neues sehen, daß ihr kein Verlangen habt, einen so weiten Weg zu machen."

Goldköpfchen wartete, bis die Kinder fest schliefen, dann trat sie hinaus auf die Veranda, um die herrliche Gebirgsgegend im Abendglanz zu betrachten. Hier mußten die Kinder gesund werden. Die Kleinen würden gekräftigt heimfahren, und die Reise, die ihr recht schwer geworden, hatte dann ihren Zweck erfüllt. Bergführer Scharr und seine Familie, bei denen man wohnte, schienen gutherzige Menschen zu sein; alles war genau nach Goldköpfchens Wünschen hergerichtet worden. Freundlich nickte die blonde Mutter den unten vor der Haustür sitzenden Leuten zu.

„Sie haben auch ein kleines Mädchen?"

„So klein wie Ihre Kinder ist unsere Mali freilich nicht. Sie ist schon neun Jahre alt."

„Sag mir einmal, kleine Mali, weißt du auch, wie dort drüben der Berg heißt?" Goldköpfchen wies auf einen der Bergriesen, der spitz in den Himmel stach und der Marlene so verlockend dünkte.

Mali steckte den Finger in den Mund und verkroch sich hinter der Mutter. An ihrer Stelle gab Bergführer Scharr Auskunft.

„Wenn Sie hier bei uns sind, müssen Sie natürlich die wichtigsten Berge der Gegend kennen. Der spitze dort drüben ist der Pihapper, er ist 2500 Meter hoch. – Dort drüben der Gaisstein, nicht ganz so hoch, aber seine 2300 Meter hat er auch. Und der da drüben, das ist ein gar schlimmer Bursche. Hat er eine Mütze auf, so wissen wir, das schlechtes Wetter im Anzuge ist. Ein übler Berg! – Und dort, das ist der Paß Thurn, der hinüber nach Kitzbühel führt. Sie müßten einmal mit den Kindern eine Autofahrt über den Paß machen. Es ist sehr lohnend. Von dort oben sehen Sie dann den höchsten Berg unseres Tales, den Großvenediger, der nie ohne Eis und Schnee ist."

Goldköpfchen bedankte sich für die freundliche Auskunft. Es war gut, wenn sie sich über die Namen der Berge unterrichtete. Die Kleinen würden morgen gewiß nach den Namen fragen. So unterhielt sie sich noch ein Weilchen mit den freundlichen Tirolern, dann hatte sie auch das Bedürfnis, zur Ruhe zu gehen. Rasch wurde noch eine kurze Nachricht nach Heidenau gegeben, dann war für Bärbel der beschwerliche Tag zu Ende.

In der Frühe des anderen Morgens standen vor dem Hause Scharrs zwei Mädchen. Es waren die neunjährige Mali und die kleine Resi, die aus dem Hause gegenüber stammte.

„Eine Frau mit zwei Kindern wohnt bei uns“, sagte Mali. „Die Kinder sind ganz anders, das sind Fipse.“

„Fipse?“ fragte Resi erstaunt. „Was sind denn Fipse?“

„Ihre Mutter sagt, sie habe zwei Fipse. Der eine Fips, der kleine Fips, ist vielleicht gar kein Mädchen.“

„Ein Junge?“

„Nein, – das ist vielleicht ein kleiner Engel. Der kleine Fips hat genau so ein Gesicht wie der Engel auf meinem Bilde. – Der kleine Fips ist ein sehr schöner Fips.“

Resi schaute hinauf zur Veranda. Dort zeigte sich noch niemand.

„Ich möchte den kleinen Engel gern sehen und auch den anderen Fips. Haben sie Gesichter wie wir?“

„Ja, – die haben sie. Aber sie haben Ringellocken, und wir haben ganz gerade Haare.“

In diesem Augenblick ertönte von ferne her dumpfes Läuten. Die Kühe des Ortes begannen sich zu versammeln. Aus jedem Anwesen kamen zwei oder drei Tiere heraus, eine jede trug eine Glocke am Halse, die einen helleren oder dumpferen Ton gab.

Dieses Läuten weckte Marlene und Adele aus dem Schlafe. Die Töne waren ihnen neu. Sie setzten sich in ihren Betten auf, und als sie merkten, daß die Mutter bereits aufgestanden war und leise im Zimmer umherging, riefen sie:

„Horch, – es bimmelt!“

„Mutti, was bimmelt denn?“

„Das weiß ich selbst nicht, Kinder. Ich will einmal nachsehen.“ Goldköpfchen öffnete die Verandatür. Da sah sie die Kühe, die aus den oberen Gehöften gemächlich herunter zur Dorfstraße geschritten kamen. Auch von drüben her kam eine braun-weiße Kuh, die lautes Brüllen hören ließ.

„Mutti – –“ Im nächsten Augenblick standen die beiden Kinder neben ihr. „Mutti, es brüllt!“

„Rasch ins Zimmer zurück und die Schuhe angezogen.“ Goldköpfchen half den Kleinen in die Mäntel und zog ihnen rasch die Morgenschuhe an die Füße. Sie wollte den Kleinen die sich versammelnden Kühe zeigen.

„Kühe werden auf die Weide getrieben, sie scheinen auf noch andere zu warten, die aus dem hinteren Dorfe kommen. Ich glaube, ihr werdet jetzt viele Kühe sehen.“

„Mutti, dort bimmelt auch wieder eine – und dort kommt noch eine!“

„Mutti, sie kommt ganz alleine!“

„Dort kommen zwei – –“

Goldköpfchen wurde von den Kindern hin- und hergezogen. Die Kleinen waren in großer Aufregung.

„Alle bimmeln, Mutti! – Warum bimmeln sie?“

„Damit man sie hört, wenn sie weit fortgegangen sind. Dann findet sie der Hirte leichter.“

„Mutti, häng mir doch so 'ne Bimmel um, dann kann ich auch fortlaufen. – Sieh mal, da kommt eine ganz große dicke! – Mutti, sieh mal, wie sie springt. – Ach, ist das fein!“

Doch es wurde noch viel schöner. Aus dem ganzen Dorfe kamen die Kühe zusammen; schließlich war es eine Herde von fünfzig bis sechzig Stück. In langsamem Schritt bewegten sich die prächtigen Tiere fort, das Läuten ihrer Glocken wollte kein Ende nehmen.

„Gehen sie ganz allein?“

„Ich glaube – nein. Ich weiß es nicht."

„Mutti, warum weißt du das nicht? – Mutti, wenn die Kühe ganz allein gehen, dann sind wohl große alte Kühe dabei, die sich nicht mehr verlaufen?"

Aber da kam auch schon langsamen Schrittes ein alter Mann gegangen. Der trug keinen Stock, auch keine Gerte, er hielt in den Händen einen Strickstrumpf und strickte emsig.

„Das ist der Hirte", sagte Goldköpfchen und blickte selbst verwundert auf den hageren alten Mann, der so fleißig arbeitete. Das hatte sie selbst noch nicht gesehen, daß ein Mann, ohne auf Weg und Steg zu achten, fleißig an einem Wollstrumpf strickte.

„Mutti, was macht er?"

„Er strickt einen Strumpf."

Marlene brach in helles Lachen aus. „Mutti, ist das ein Mann oder eine Frau?"

„Das ist der Hirte, – ein Mann."

„Aber, Mutti, ein Mann strickt doch nicht?"

„Das scheint hier Sitte zu sein, Marlene."

„Die Kühe sollen hierbleiben, ich möchte sie noch sehen!"

Jetzt wurde feines, helles Geläut hörbar. Marlene und Adele schrien vor Begeisterung laut auf.

„Kleine Kühe", rief Adele, „Mutti, da kommen kleine Kühe angelaufen."

„Mutti, kleine Ziegen, – sieh doch – Mutti – Mutti!"

„Kinder, ihr zerreißt mir ja den Rock!"

Ein Dutzend weißer und brauner Ziegen kam angelaufen, eine jede trug ein kleines Glöckchen am Halse, das hell und lustig klingelte.

„Mutti – Mutti – Mutti – –", etwas anderes brachten die beiden Fipse vor Begeisterung nicht hervor. So viele Ziegen, die frei umhersprangen, hatten die Kinder noch nie gesehen. Andauernd wiederholte sich der erregte Ausruf: „Mutti, sieh nur – Mutti – – Mutti – sieh nur!“

Es war wirklich ein gar reizender Anblick. Mit possierlichen Sprüngen eilten die Ziegen hinter den Kühen her, einige blieben hier und da stehen und schauten forschend zu den Menschen hinüber. Ein weißes Zicklein kam auf die beiden Mädchen zu, die unten vor dem Hause standen.

„Geh nur, geh“, sagte Mali, „ich habe kein Salz. Wenn du heimkommst, kriegst du was.“

Die Ziege leckte die Hand Malis und wollte nicht weitergehen. Mali schob das Tier von sich. „Geh nur, geh!“

In atemlosem Staunen verfolgten die beiden Fipse das Benehmen des Zickleins. Es wollte nicht fortgehen. Da nahm Mali es am Halsband und führte es gewaltsam zu den anderen Ziegen hinüber. Wieder stieß Adele zitternd vor Erregung hervor:

„Mutti, komm schnell zu den Ziegen!“

„Jetzt werdet ihr erst angezogen.“

„Mutti, laß mich doch zu den Ziegen!“

„Sie gehen jetzt auf die Weide.“

„Adele will mit auf die Weide!“

Goldköpfchen mußte energisch werden, um die Kinder zurück ins Zimmer zu holen. Sie hofften, daß nochmals ein Trupp Kühe oder Ziegen kommen würde. Als dann vom Kirchturm her Glockenschläge ertönten, eilten die beiden Fipse erneut hinaus auf die Veranda und schrien:

„Mutti, nu kommen noch mehr Kühe!“

Das Anziehen ging heute recht langsam. Bei dem kleinsten Geräusch liefen die Kleinen davon, in der Hoffnung, wieder neue Tiere zu sehen.

„Mutti, bimmeln die kleinen Pferdchen auch?“

„Nein, – – sie bleiben artig bei ihrer Mutter.“

„Sind da auch so viele? Sind sie weiß wie die Zicklein oder so wie die Kühe?“

„Das werden wir nachher alles sehen. Wir machen nachher einen schönen Spaziergang und sehen uns die jungen Pferdchen an.“

„Adele will auf die Wiese zu den kleinen Ziegen!“

Als Frau Scharr ins Zimmer kam, um zu melden, daß sie unten im Garten den Frühstückstisch gedeckt habe, war alle Scheu der Kleinen gewichen. Sie wurde mit Fragen bestürmt. Die beiden Fipse wollten wissen, wo jetzt die vielen Kühe und Ziegen seien, ob sie kleine Pferdchen sehen würden und anderes mehr.

„Wir haben auch zwei Ziegen, drei Kühe und ein großes und ein kleines Pferd. Aber jetzt sind die Ställe leer. Die Tiere sind mit dem Hirten zur Weide gegangen.“

Das Fragen wollte kein Ende nehmen. Frau Scharr versprach den Kindern, nachher die Ställe zu zeigen; abends könnten sie dann auch die Tiere sehen.

„Beißt die Ziege?“ fragte Marlene.

„Nein, sie tut dir nichts, und auch die Kühe sind fromm. Aber ohne eure Mutti sollt ihr nicht zu ihnen gehen.“

Goldköpfchen schwirrte der Kopf vor all den Fragen, die während des Frühstücks an sie gerichtet wurden. Sie konnte viele davon nicht beantworten, war ihr doch selbst manches neu.

„Mutti, steht dort oben auf der Spitze von dem hohen Berg eine Ziege, frißt sie dort oben Gras?“

„Nein, mein Kind, dort oben ist kein Gras mehr, dort oben gibt es nur Steine.“

„Dann leckt sie an den Steinen? Wir lecken auch an den Steinen. – Mutti, was will die Ziege da oben?“

„Dort oben gibt es keine Ziegen.“

„Aber wenn die Ziege nu' doch mal da 'rauf geht, – was will sie dort?“

„Frage nicht beständig, großer Fips.“

„Dann frage du, kleiner Fips“, flüsterte Marlene der Schwester zu. „Frage die Mutti, was die Ziege dort oben will.“

„Mutti, was will die Ziege – –“

Goldköpfchen seufzte. „Sie will von oben herunterschauen.“

„Mutti, da wollen wir auch von oben 'runterschauen. – Mutti, ich bin nu' satt. – Nu' komm, wir wollen gehen und vom Berge 'runterschauen.“

„Ihr könnt doch unmöglich hinauf zum Pihapper gehen! Er ist viel zu hoch.“

Mit zusammengekniffenen Augen blickte Marlene die Mutti an. „Wo wollen wir hin?“

„Der Berg dort drüben heißt der Pihapper.“

Die beiden Fipse lachten auf. „Der Berg ist ein Pi – Papper!“

„Ein Pappa – – ein Pappa“, jubelte Adele. „Mutti, komm doch zum Pappa!“

Goldköpfchen bemerkte jetzt die beiden Pinzgauer Kinder, die hinter dem Gebüsch standen und neugierig zu dem Tisch hinübersahen.

„Kleine Mali, komm doch einmal her. – Und wer ist denn das da?“ Aber weder Mali noch Resi rührten sich. Resi betrachtete forschend die beiden Fipse.

„Sind das die Fipse?“ fragte sie leise.

„Ja“, klang es ebenso leise zurück. „Die da ist der große Fips und die da – –“

„Die ist ein Engelchen“, sagte Resi fromm.

„Ihre Mutter sagt, das ist der kleine Fips.“

„Der kleine Fips ist aber schön“, flüsterte Resi bewundernd.

Aufs neue rief Goldköpfchen die Kinder an, aber weder Mali noch Resi kamen. Scheu liefen sie davon.

Es blieb Goldköpfchen keine Zeit, alles auszupacken. Schnell wurde nur das Wichtigste in Schrank und Kommode gelegt, denn die kleinen Kinder trippelten von einem Fuß auf den anderen. Ununterbrochen erklang ihre Frage:

„Mutti, bist du bald fertig? Kommst du nun mit uns auf den Berg zu den Ziegen und den kleinen Pferdchen?"

Schließlich war Goldköpfchen fertig.

„Jetzt nehme ich je einen Fips an meine rechte und linke Hand", sagte die Mutter, „und dann gehen wir artig die Straße entlang."

„O ja! – Wir gehen mit unserer Mutti auf der Straße, und der Mann mit dem Strumpf geht mit seinen Kühen auf der Straße."

Aber schon nach den ersten fünf Minuten blieben die Kleinen stehen.

„Mutti, – ein Wagen mit 'ner Kuh! – Mutti, sieh doch mal!"

Tatsächlich kam eine Kuh langsam dahergegangen, die einen Wagen, mit Grünfutter beladen, hinter sich herzog. Daß eine Kuh angespannt war und einen Wagen zog, war den beiden Fipsen ganz etwas Neues. Sie starrten dem Gefährt so lange nach, bis es um die nächste Wegbiegung verschwunden war.

Da gab es schon wieder Neues zu sehen.

„Mutti, der arme Mann hat nur 'ne ganz kleine Hose an. Sieh doch, Mutti – –"

Es war ein Einheimischer, der in der Gebirgstracht einhergeschritten kam. Die kurze Lederhose ließ die Knie frei, kurze Strümpfe und derbe Nagelschuhe vervollständigten den Anzug.

„Ruf nicht so laut, Marlene."

Der große Fips starrte den Näherkommenden an.

„Hat er keine andere Hose? Ist sie ihm zu klein geworden?"

„Die Leute in Tirol kleiden sich so, mein Kind."

„Warum, Mutti?"

„Ihr habt ja auch bloße Beinchen. Bei den Pinzgauern ist das auch so."

„Mutti, da bin ich auch ein Pinzauer", sagte Marlene strahlend und wies auf ihre Wadenstrümpfe und die bloßen Knie. „Ich bin ein Pinzauer Fips!"

„Bin auch ein Pinzauer Fips", ergänzte Adele.

Man hatte den kleinen Ort hinter sich, rechts und links dehnten sich prachtvolle grüne Wiesen aus, die von einfachen Holzzäunen umgeben waren. Dann sahen die Kinder das erste Mutterpferd mit seinem Kleinen. Auch Goldköpfchen hatte ein so junges Tierchen noch nicht gesehen. Es konnte höchstens einige Tage alt sein. Es stand recht unsicher auf seinen langen Beinen.

„Mutti, jetzt sehen wir ein kleines Pferdchen. – Wo sind aber die anderen?"

„Weiter hinten siehst du noch eins!" Goldköpfchen zeigte auf eine andere Wiese, auf der sich ein altes und ein junges Tier tummelten.

„Adele will zum kleinen Pferdchen, es streicheln."

„Mutti, sieh doch, es hat auch zerbrochene Beine, – sie stehen ganz schief!"

„Das ist bei ganz jungen Pferden immer so", erklärte die Mutter. „Das Tier hält seine Beine steif, denn ihm wird das Laufen noch schwer."

„Kann es umfallen?"

„Nein, – es steht auf seinen vier Füßen ganz sicher."

Es dauerte ein Weilchen, bis Goldköpfchen mit den beiden Kindern weitergehen konnte. Wieder kamen sie zu einem Mutterpferd. Das junge Tier, das sich hier den Augen der Kinder zeigte, schien schon älter zu sein. Es sprang nicht mehr so ungeschickt umher wie das Tierchen, das man soeben verlassen hatte. Immer wieder drängte sich das Fohlen an seine

Mutter heran. Plötzlich begann Marlene laut aufzuschreien, Tränen liefen ihr aus den Augen.

„Du biestisches Biest", rief sie erregt und bückte sich, um einen Stein aufzuheben. „Mutti, das Biest hat ihr Kindchen mit dem Schnabel gestoßen. – Sieh mal, es hat gewackelt –"

„Wirst du sofort den Stein wieder hinlegen, Marlene? Man wirft nicht nach Tieren."

„Mutti – Mutti – –" Marlene schrie laut auf. Sie verstand das Spielen der Tiere ganz falsch. Die Stute hatte wieder das Fohlen in die Seite gestoßen, vor Freude warf sich das Jungtier auf die Erde und streckte seine vier Beine in die Luft.

„Mutti – nu' hat sie es umgeschmissen!" Marlene weinte laut auf.

„Sie spielen nur zusammen!"

„Du Biest – – du Biest – – du Biest – –" schrie Marlene immer lauter und drohte der Stute mit ihren kleinen Fäusten.

„Aber Kind, sie spielen doch nur!"

„Wenn ich – – wenn ich mit Adele spiele, und ich schmeiß' sie um – –" stieß Marlene noch immer schluchzend hervor, „kriege ich Prügel – und dabei spiele ich auch nur. – Du Biest – – du Biest – –"

Das Fohlen kollerte auf der Wiese bald nach rechts, bald nach links, dann sprang es wieder auf und näherte sich erneut seiner Mutter.

„Geh nicht hin – – geh nicht hin –" rief Marlene erregt, „sonst schmeißt sie dich wieder um!"

Auch jetzt dauerte es wieder lange, bis Goldköpfchen der erregten Kleinen klargemacht hatte, daß Tiere derart spielen, daß es dem Fohlen Freude mache, sich auf der Erde wälzen zu können. Schreckhaft zuckte der große Fips zusammen, als sich dann gar auch das alte Pferd niederließ und auf dem Rücken wälzte.

„Was hat es? Beißt es was?"

„Nein, Marlene, das ist Freude und Behagen."

Da nahm sich Marlene vor, in Zukunft, wenn sie sich wieder einmal sehr freuen würde, es den Pferden gleich zu tun und sich behaglich auf dem Rücken zu wälzen.

Die Kleinen wollten noch weiter laufen, bis hin zu dem spitzen Berge, doch Goldköpfchen wehrte ab.

„Für heute ist es genug, wir müssen jetzt heimgehen. Dann wird gegessen, nach dem Essen wird geschlafen, und dann gehen wir wieder hinaus. Am Abend sind wir dann daheim, damit wir sehen, wie die Kühe und die Ziegen heimkommen. Jede Kuh geht allein in ihren Stall. Sie findet den Weg."

Marlene schüttelte ungläubig den Kopf. „Nee, Mutti, das glaube ich nicht, man wird ihnen doch winken müssen."

„Du wirst es ja sehen, Marlene."

Es war nicht so einfach, die Kinder nach dem Mittagessen zum Schlafen zu bewegen. Bei jedem Geräusch glaubten sie die heimkehrenden Kühe zu hören, und Goldköpfchen mußte ein sehr energisches Wort reden, damit sich die Plappermäuler schlossen. Sie selbst lag später auf der Veranda in einem Liegestuhl und genoß die Stille und die kräftige Alpenluft.

„So gut habe ich es lange nicht gehabt. Ich brauche nur an meine Erholung zu denken. – Wie wird es meinen Kindern daheim ergehen?"

Am Nachmittag machte sie mit den Fipsen einen Waldspaziergang und stieg dabei auch ein wenig bergan. Marlene fragte, ob man nun bald oben auf der Spitze wäre.

„O nein", lachte Goldköpfchen, „da müßten wir noch hundertmal soviel steigen."

„Da steigen wir", meinte Marlene. Als dann aber ein gefällter Baum am Wege lag, setzte sie sich als erste darauf und sagte bittend:

„Wollen uns mal ein bißchen ausruhen!"

Schließlich drängten die Kinder zur Heimkehr. Sie wollten die Kühe nicht verpassen. Nun standen sie im Vorgarten des Hauses und warteten. Mali und Resi näherten sich ihnen scheu.

„Bist du ein Fips?“ fragte Resi.

„Ja“, erwiderte Marlene, „ich bin der große Fips, – ich bin jetzt ein Pinzauer Fips mit nackten Knien.“

„Ich bin der kleine Fips!“ rief Adele.

„Kommen bald die Kühe und die Ziegen?“ forschte Marlene.

Aber es dauerte noch ein Weilchen, bis man aus der Ferne das Läuten der heimkehrenden Herde vernahm. Marlene glühte vor Erregung. Jetzt würden die vielen Kühe kommen und hinterher wahrscheinlich auch die lieben kleinen Ziegen. – Wie würde das schön sein!

Richtig, da kamen sie schon. Am Ende der Straße bog eine Kuh ab und stieg einen schmalen Weg empor, hin zu dem Hause, das am Berghange lag. Eine zweite folgte ihr. Eine dritte Kuh bog allein nach rechts ab. Die Augen der Kinder wurden immer größer.

„Ruft sie keiner?“ fragte Marlene.

„Nein, sie kennen ihren Weg“, antwortete Resi.

„Kommen sie auch allein in unser Haus?“

„Ja!“

Und wirklich, – kaum hatten die Kühe das Haus des Bergführers Scharr erreicht, da lösten sich abermals drei Kühe von der Herde. Langsam schritten sie an den Kindern vorbei und dem Stalle zu. Da die Stalltür noch geschlossen war, blieben sie davor stehen und brummten leise.

Die beiden Fipse wagten kaum zu atmen. So etwas Seltsames hatten sie noch nie gesehen. Sie staunten auch Mali an, die zwischen den Kühen hindurchging und die Stalltür öffnete. Bald waren die Tiere verschwunden.

Kurz darauf kamen die Ziegen angesprungen.

„Ich habe Salz in der Hand“, sagte Mali, „nun paß mal auf, wie sie sich darüber freuen.“

Die beiden Ziegen umdrängten die Kinder, stießen mit den Köpfen nach ihnen und meckerten laut. Die Fipse verkrochen sich rasch hinter der Mutter, sie hatten Angst, kamen aber bald wieder hervor, als sie sahen, wie die Tiere gierig das Salz schleckten.

„Willst du ihnen auch Salz geben?“ fragte Mali.

„Adele will“, rief der kleine Fips.

Mali streute ein wenig Salz in die Hand der Kleinen. Als aber die Ziege herankam, lief Adele laut schreiend davon, die Ziege hinter ihr her.

„Mutti, sie beißt mich, – Mutti – –“ .

„Sie tut dir nichts!“

Die Ziege hatte das Salz in der Hand des Kindes bemerkt und drängte sich immer wieder an Adele heran, obwohl Goldköpfchen schützend ihre Arme um die Kleine legte.

„Sie frißt mir! – – Mutti, sie frißt mir – –“

Mali zog die Ziege von Adele fort. Als sich Goldköpfchen dann nach dem großen Fips umsah, erblickte sie Marlene. Das Kind war voller Angst eine Leiter hinaufgestiegen, die am Stall lehnte.

„Marlene, was machst du?“

Die Kleine saß sehr verängstigt auf der Leiter und hielt sich fest. Erst als die Ziegen im Stall waren, war es Goldköpfchen möglich, das verängstigte Kind herunter zu holen. Stürmisch verlangten die Kinder ins Zimmer zu gehen, ihre Angst vor den Ziegen war zu groß.

Oben beruhigten sie sich dann schnell und drohten durch die Lücken im Fußboden der Veranda nach unten.

„So ein Biest“, rief Marlene, „na, warte nur, wenn ich dich kriege!“

Das Ahneli

Unter der großen Holzveranda, auf der Marlene und Adele herumtobten, stand Resi, das schüchterne Pinzgauer Mädchen. Leise tönte sein Stimmchen:

„Fips, – großer Fips!"

Aber weder Marlene noch Adele hörten den Ruf.

„Fips – Fips!" Resi drückte die Puppe noch fester in den Arm. Dieses Puppenkind, das ihr der Vater einst selbst gemacht hatte, war bisher zärtlich geliebt worden. Von dem Blechkopf war freilich die Farbe fast vollkommen verschwunden, die Nase abgestoßen, die Backen kräftig eingedrückt, aber das störte Resi nicht. Der Kopf war an einen Rumpf genäht, der mit Heu ausgestopft worden war. Als Arme und Beine waren vier langgezogene Heubündel mit Stoff umwunden worden. Um zu verhindern, daß das Heu aus dem Stoff quoll, waren Arme und Beine an ihren unteren Enden mit Bindfaden zusammengeschnürt worden. Wenn aber dieses Puppenkind ein Kleid anhatte, glaubte Resi, es gäbe im ganzen Pinzgau kein schöneres Püppchen als das ihre.

Nun hatte Resi die Puppe Marlenes gesehen. Die war freilich ganz anders! Diese Puppe war viel schöner als eine, die bei dem einzigen Kaufmann des Ortes im Fenster stand und jedesmal von der kleinen Resi einen bewundernden Blick erhielt, sobald sie dort vorüberging. Die Puppe des Fipses in den Armen halten, die wunderschöne Puppe herumtragen zu dürfen, war für Resi eine solche Freude, daß sie darüber alles vergaß. Und wenn sie jetzt unter der Veranda stand und sehnsuchtsvoll nach dem großen Fips rief, so galt das in der Hauptsache dem schönen Puppenkinde.

„Fips, – großer Fips!"

Goldköpfchen hörte das Rufen, beugte sich über die Brüstung der Veranda und sah unten das kleine Mädchen stehen.

„Kommen die Fipse bald zu mir?"

„Gewiß, Resi, wir kommen gleich herunter!"

„Kommt dann die schöne Puppe auch mit?“

„Jawohl, – die Puppe kommt auch mit.“

Wenige Minuten später saßen die drei Kinder im Garten. Resi hielt das schöne Puppenkind im Arm und betrachtete es liebevoll. Marlene beschaute unterdessen Resis Puppe. Mit ihren kleinen Fingerchen versuchte sie das Heu aus Armen und Beinen herauszuziehen.

„Sie riecht schön, deine Puppe, aber im Gesicht ist sie nicht schön.“

„Das Ahneli will morgen meine Puppe schön machen.“

Marlene horchte auf. „Das Anneli – ist das Anneli hier?“

Resi wies mit dem Finger hin zu dem gegenüberstehenden Hause. „Dort drüben ist das Ahneli!“

„Das Anneli ist hier, das Anneli ist auch von Heidenau hierher gefahren? Komm schnell, wir wollen zum Anneli gehen!“

„Ja, wir wollen zum Ahneli gehen. – Das Ahneli ist immer gut.“

Marlene schaute umher. Die Mutter war im Augenblick nicht zu sehen.

„Komm, kleiner Fips, wir gehen zum Anneli“, sagte sie und nahm die jüngere Schwester an der Hand.

„Es ist nur dort!“

Das Haus war bald erreicht. Marlene war voll freudiger Erwartung. Sie hatte nicht geglaubt, hier in dem fernen Gebirgsdorfe die fünfjährige Tochter des Heidenauer Kaufmanns wiederzufinden. Mit dem Anneli spielte es sich sehr gut. Es hatte viele Wollschäfchen und Wollhunde und einen kleinen Kasten. Wenn man daran drehte, machte er Musik.

Resi führte die Kinder durch die Küche, in der Frau Enzinger tätig war.

„Wir gehen zum Ahneli, Mutter“, sagte Resi.

„Das ist recht so, das Ahneli wird sich freuen. Er hat euch vom Fenster aus schon öfter gesehen.“

Weiter ging Resi durch einen großen Flur, stieß eine Tür auf und stand in einem geräumigen Zimmer. In einem Lehnstuhl am Fenster saß ein alter Mann, eine Menge Holzstücke lagen neben ihm. Auf einem Tischchen stand ein Kasten mit Werkzeugen aller Art. Der Alte hielt ein Schnitzmesser in der Hand und bearbeitete damit ein Stück Holz.

„Ahneli, jetzt bringe ich dir die beiden Fipse."

Marlene warf nur einen flüchtigen Blick auf den alten Mann. Sie suchte das kleine Mädchen aus Heidenau. „Wo ist denn das Anneli?"

„Hier bin ich, du kleines Mädchen", sagte der Alte freundlich.

„Ich will doch das Anneli!"

Das faltige Gesicht des Alten verzog sich zu einem Lachen. Marlene schaute ihn an. Wie drollig das aussah. Auch die Pfeife, die er im Munde hielt, wackelte bei diesem Lachen hin und her.

„Dein Anneli bin ich freilich nicht", sagte der Alte, „ich bin der Ahne, – der alte Großvater. Das Ahneli! – Du hast gewiß auch einen Großvater. – Wie heißt du denn? Und wie heißt das niedliche kleine Mädchen neben dir?"

Marlene konnte so rasch keine Antwort geben. Sie mußte erst den Mann mit den vielen tiefen Falten gründlich anschauen. Er hatte eine braune Haut, die wie Leder aussah.

„Ahneli, – das hier ist der große Fips, und das hier ist der kleine Fips. Beide wohnen drüben bei der Mali. Sie sind gekommen, um gesund zu werden."

„Ja, ja, ich habe euch schon oft gesehen", sagte der Alte. „Ich freue mich, daß ihr zu mir kommt!"

Nur langsam verlor Marlene die Scheu vor dem fremden Manne. Auch Adele. Beide betrachteten neugierig die verschiedenen Figuren, die auf dem Tische lagen. Das waren doch Männergesichter! An diesen Gesichtern war kein Körper, nur ein langer Schwanz aus Holz.

„Alter Mann, was machst du?" forschte Adele.

„Ich schnitze Nußknacker.“

Marlene und Adele waren zunächst sprachlos. Nußknacker kannten sie genau. Zu Weihnachten hatte der Vater den Kindern mit solch einem Manne, der das große Maul auf- und zumachen konnte, Nüsse zerknackt. Das Ahneli hielt eben zwei fertig geschnitzte Teile aneinander. Das gab wirklich genau solch einen Nußknacker, wie man daheim einen hatte.

„Oh, ein Nußknacker“, sagte Marlene voller Staunen. „Du ißt wohl gern Nüsse?“

„Ich verkaufe die Nußknacker. Wenn Sommergäste zu mir kommen, nehmen sie häufig einen Pinzgauer Nußknacker mit. – Schau her, hier habe ich einen Affenkopf geschnitzt.“

„Und das hier?“ fragte Marlene, indem sie in dem Kasten wühlte.

„Das ist ein Affe.“

„Ist der aber schön!“

„Laß das! – Laß das! – Laß das!“ ertönte plötzlich eine Stimme. Erschrocken warf Marlene die Schnitzerei, die sie in der Hand hielt, in den Kasten zurück.

Der alte Mann hatte die Worte nicht gesprochen, – es war auch nicht Resis Stimme gewesen.

„Laß das! – Laß das! –“ tönte es schon wieder durchs Zimmer.

Die beiden Fipse machten ängstliche Augen. Der alte Mann aber verzog das faltige Gesicht wieder genau so wie vorhin und schnalzte mit der Zunge. – Da kamen zwei grüne Tierchen angeflogen, die setzten sich auf seine Schultern.

„Das sind meine kleinen Freunde, – meine lieben Wellensittiche.“

Sprachlos standen die beiden Stadtkinder da. Jetzt griff das Ahneli nach einem Stückchen Zwieback, nahm es in den Mund, drehte den Kopf zur Seite, und schon nahm ihm einer der Vögel das Stück aus dem Munde, um es langsam zu verspeisen.

„Oh – oh – oh – –“ mehr konnte Marlene nicht sagen. Adele dagegen stieß einen Freudenschrei aus.

„Der Piepvogel frißt dir alles weg!“

Nun kam der zweite Vogel an die Reihe. Dann schnalzte der alte Mann wieder mit der Zunge und rief: „Was bin ich? – Was bin ich?“

„Das Ahneli, – das Ahneli – –“ ertönte es doppelstimmig.

Marlene wagte nicht, sich zu rühren. Daß diese kleinen grünen Vögel sprechen konnten, war ihr ganz etwas Neues. Es war geradezu ängstlich.

„Sprechen kleine Vögel?“

Der Großvater gab ihr die Erklärung. Man könne Papageien und Wellensittichen Worte beibringen, könne sie so zahm machen, daß sie auf jeden Anruf kämen.

„Schaut einmal her, ihr kleinen Fipse, das Ahneli ist viel allein. Wenn es hier sitzt und schnitzt, ruft es seine beiden grünen Freunde und erzählt mit ihnen. Hier im Hause hat ein jeder seine Arbeit, da kann man sich nicht viel um so einen Altsitzer kümmern. Trotzdem habe ich es sehr gut. Es ist wohl kaum einer im Dorfe, der auf seinem Altenteil sitzt und so viele Freuden hat wie ich.“

Marlenes Augen gingen zu dem Lehnstuhl, auf dem ein weiches Kissen lag. Sie hätte gar gern gewußt, was das für ein besonderes Kissen war, auf dem das Ahneli saß. Aber die Vögel nahmen jetzt ihr ganzes Denken in Anspruch.

„Laß sie noch mal sprechen!“

„Rufe mal: pick – pick – pick – –“

Marlene tat es. Da kamen die beiden Wellensittiche angeschwirrt und wollten sich auf ihre Schulter setzen. Doch das Kind erschrak, schlug mit den Händen um sich und drückte sich in die Zimmerecke.

„Ich fürchte mich!“

„Dummkopf – Dummkopf –“ riefen die Vöglein.

Marlene fühlte sich beschämt.

„Die Tierlein tun dir nichts", sagte das Ahneli, „du hättest sie nicht fortscheuchen sollen. Nun werden sie nicht mehr zu dir kommen." Wieder rief er nach den Wellensittichen, die sich auch sofort auf seine Schultern setzten.

„Wenn ihr wieder einmal zu mir kommt, ihr kleinen Fipse, habe ich die Vöglein gelehrt, euren Namen zu rufen." Dabei wandte er sich den beiden Vöglein zu und sagte wohl zehnmal hintereinander: „Großer Fips – kleiner Fips." Als Antwort kam aber nur: „Dummkopf – Dummkopf!"

„Was erzählst du mit den Vöglein?" fragte Marlene nach längerem Schweigen und nachdem sie ihren Schrecken überwunden hatte.

„Von den hohen Bergen, von den grünen Wäldern – –"

„Das Ahneli weiß schöne Geschichten", mengte sich Resi wieder ein.

Adele holte einen kleinen Tritt, setzte sich zu den Füßen des alten Mannes nieder und bat:

„Nu' erzähle der Adele ein Märchen."

„Sitzt du gut, Ahneli?" forschte Marlene.

„Freilich, sehr gut."

„Ist das ein altes Kissen?"

Der Großvater verstand nicht. Erst als Marlene nach dem alten Sitz fragte, von dem das Ahneli vorhin gesprochen hatte, begann er laut zu lachen.

„Ach so, – weil ich ein Altsitzer bin – –"

„Und einen alten Teil hast – –"

„Ja, ja", lachte der alte Mann, „das ist euch ganz neu, so was kennt ihr Stadtkinder nicht. Ihr wißt mit einem Altsitzer noch nichts anzufangen. Das braucht ihr auch nicht zu wissen. Ich bin für euch ein alter Mann, der in der Landwirtschaft nichts mehr tun kann, der nun von seinen Angehörigen verpflegt wird und für sein ganzes Leben hier sein Essen und

Trinken bekommt. Das ist ein Altsitzer, und was man ihm gibt, heißt sein Altenteil. – Was wollt ihr nun von mir hören?“

„Ahneli, sag doch wieder so ein schönes Rätsel.“

„Ach ja, sage ein Rätsel“, rief auch Marlene, „ein Rätsel von den kleinen Pferdchen und den Ziegen, die so schön klingeln.“

Der Großvater überlegte ein Weilchen, dann begann er: „Auf unserer Wiese gehet was, watet durch die Sümpfe, hat ein schwarz-weiß Röcklein an – –“

„Das weiß ich schon“, unterbrach ihn Marlene, „das ist der Storch. Nu' sag rasch was anderes!“

„Gut“, sagte das Ahneli freundlich, „jetzt kommt ein anderes Rätsel. Weiß ist mein Gesicht, doch wenn ich meine Arbeit verricht', ist schwarz Gesicht, der Hals, die Hand. – Wer bin ich? Ich bin dir wohlbekannt!“

Marlene blickte nachdenklich zur Zimmerdecke hinauf. „Das ist auch der Storch.“

„Aber nein, großer Fips! Denke mal gut nach. Der Mann ist sonst weiß, aber wenn er seine Arbeit tut und in den Schornstein kriecht, na, wer ist das wohl?“

„Oh, das ist der Schornsteinfeger! Jetzt weiß ich es!“

„Gut geraten! – Nun kommt ein drittes Rätsel. Wenn ihr das auch raten könnt, schenkt euch das Ahneli einen Nußknacker. Aber dieses Rätsel ist sehr schwer.“

„Sag schnell, ich möchte so gerne einen so schönen Nußknacker!“

„Im Lenz erfreu' ich dich –“

Marlene stieß einen Freudenschrei aus. „Ich weiß, ich weiß, das ist unsere Waschfrau, Frau Lenß! Wir freuen uns immer, wenn die Wäsche im Garten zappelt!“

„Nein, nein, das ist nicht eure Waschfrau. Mein Rätsel ist noch lange nicht zu Ende! – Im Lenz erfreu' ich dich,– im Sommer kühl' ich dich, im Herbst ernähr' ich dich, – im Winter wärm' ich dich!“

„Das ist der gute Ofen“, rief der kleine Fips, „der ist immer warm.“

„Das ist die Mutti“, meinte Marlene. „Die Mutti nährt uns im Herbst, und im Winter zieht sie uns warme Kleider an.“

„Nein, es ist auch nicht deine Mutti.“

„Doch“, sagte Marlene energisch, „das ist meine Mutti, das macht sie. – So, und nu' gib mir den Nußknacker.“

„Nein, großer Fips, das Rätsel ist nicht richtig geraten.“

„Noch mal. – Im Lenz erfreu' ich dich –“

„Meine Mutter erfreut die Frau Lenß.“

„Im Sommer kühl' ich dich – –“

„Das ist doch die Mutti, – wenn ich heiß bin, wischt sie mich ab. Gib mir nun den Nußknacker!“

„Sei nicht gar so ungeduldig, kleines Mädchen.“

Marlene stampfte plötzlich mit dem Fuße auf. „Du alter Sitzer, gib mir den Nußknacker!“

„Dummkopf – Dummkopf“, tönte es da wieder durchs Zimmer.

Das nützte. Marlene sah ein, daß sie wieder unartig gewesen war.

„Wenn du doch so ein dummes Rätsel aufgibst, alter Sitzer, bin ich viel zu klein, um zu wissen, was du willst. – Gib mir wenigstens das eine Stück vom Nußknacker, – das mit dem Gesicht!“

„Ich werde euch die Lösung meines Rätsels sagen. Das sollt ihr dann eurer Mutter aufgeben. – Es ist der Baum.“

Verständnislos blickten die Kinder den alten Mann an. Resi schüttelte den Kopf. „Ahneli, das ist doch nicht richtig. Der Baum ernährt uns doch nicht, nur der Acker ernährt uns.“

„Im Lenz, also im Frühling erfreut uns der Baum durch seine wunderschönen Blüten. – Im Sommer, wenn es sehr heiß ist, sitzen wir gern in seinem Schatten, – im Herbst schenkt er uns seine Früchte, also er gibt uns Nahrung, und im Winter wird sein Holz in den Ofen gesteckt, da wird der Ofen schön warm. Also erwärmt er uns."

Marlene schüttelte den Kopf. „Das ist aber kein schönes Rätsel, alter Sitzer. Mutti weiß viel schönere Sachen. – Schenkst du mir nu' den Nußknacker?"

„Ihr habt das dritte Rätsel nicht geraten, außerdem habe ich noch keinen Nußknacker vorrätig. Aber hier hast du ein kleines Männchen, das kannst du auf einen Flaschenkorken setzen. Das will ich dir schenken."

„Ich will den Nußknacker", rief Marlene weinerlich.

„Ein anderes Mal", beruhigte sie der alte Mann gutmütig, „jetzt nimm das kleine Männchen."

„Ich will aber kein kleines Männchen!"

„Adele will auch kein kleines Männchen", wiederholte der kleine Fips.

„Dummkopf – Dummkopf", tönte es schon wieder durchs Zimmer. Einer der Wellensittiche kam herbeigeflogen und setzte sich auf Adeles Kopf.

„Er frißt mir – er frißt mir!"

Der Vogel nahm jetzt eines ihrer goldigen Löckchen in seinen Schnabel und zog daran, flog aber rasch fort, als Adele nach ihm schlagen wollte. Eiligst trippelte sie zur Tür.

Auch Marlene lief hinter ihr her. Einmal fühlte sie, daß sie unartig gewesen war, zum anderen hatte sie Angst vor den beiden Vögeln. Wenn sie sprechen konnten, würden sie wahrscheinlich den Kindern ihr unartiges Betragen Vorhalten. Das wollte Marlene nicht hören.

„Begleite sie", sagte das Ahneli, „sonst fallen sie über die Schwelle. Das Ahneli wird sich freuen, wenn ihr recht bald wiederkommt. Dann ist ein Nußknacker fertig, den ich euch gerne schenken will."

Dann verließen die drei Kinder das Zimmer, doch Marlene sah sich nochmals scheu nach den beiden grünen Vögeln um. – Ob sie der Mutti wohl sagten, daß sie unartig gewesen war?

Goldköpfchen hatte das Fehlen der Kinder bald bemerkt, wurde aber von Frau Scharr sogleich beruhigt.

„Ich habe sie zu dritt ins Nachbarhaus gehen sehen. Sie werden drüben beim alten Großvater sein, der ihnen seine Schnitzarbeiten zeigen wird."

Trotzdem schickte Frau Scharr hinüber und erhielt den Bescheid, daß die Kinder beim Ahneli wären. So konnte Goldköpfchen beruhigt alle Vorbereitungen zum Abendessen treffen. Sie bereitete es selbst. Das Mittagessen wurde im Gasthaus „Zur Post" eingenommen, das Frühstück bekam man von Frau Scharr. Auf diese Weise hatte Goldköpfchen nur wenig Arbeit und konnte selbst ihrer Erholung leben.

Es dauerte nicht mehr lange, da stürmten die beiden Fipse heran. Marlene hielt die Heupuppe im Arm, ihr eigenes Puppenkind hatte sie Resi zum Spielen überlassen.

„Mutti, ich habe grüne Vögel gesehen, die sprechen können. – Mutti, können Ziegen auch sprechen?"

„Mutti, sie haben mich geziept an die Haare."

„Mutti, – er macht Nußknacker, der alte Sitzer! – Mutti, ich weiß ein schönes Rätsel. – Mutti, schenkst du mir einen Bonbon, wenn du alle Rätsel ratest?"

„Da müßte ich doch einen Bonbon bekommen, großer Fips!"

„Horch mal zu, Mutti – Es ist einer – – ein Schornfeger mit einem schwarzen Gesicht und – und – Mutti, wenn er arbeitet, Mutti, kennst du ihn? – Was ist das für ein Mann?"

„Ein Schornsteinfeger. – Was soll ich denn nun raten?"

Marlene überlegte ein Weilchen. „Ja", sagte sie nachdenklich, „so war das Rätsel. – So, und nu' kommt was anderes. – Du, Mutti, das ist aber schwer!"

„Dann los!“

Marlene steckte den Finger in den Mund und grübelte. “Mutti, es war was von unserer Waschfrau. – Was ist das? Im Herbst gebe ich dir meine Früchte zu essen, und dann bin ich warm, aber erst im Winter.“

„Das weiß ich nicht, Marlene.“

„Mutti, das ist die Waschfrau, die Frau Lenß. – Nein, Mutti, das war ja falsch. – Ach, ich weiß nicht mehr, wie es gewesen ist. Aber der alte Sitzer meinte, es ist der Baum.“

„Wer sagte das?“

„Nu – der Mann dort drüben, der alte Sitzer, der die Nußknacker aus Holz schneidet, mit einem Messer. Er sitzt auf einem Kissen in einem Stuhl, auf einem alten Teil. Er sagt, wenn man nichts mehr im Garten arbeiten kann und andere Leute geben ihm was zu essen, dann sitzt er auf seinem alten Teil. – Mutti, der Vati arbeitet doch auch nicht im Garten. Sitzt der auch auf einem alten Teil?“

Goldköpfchen begann zu lachen. Eben wollte sie Marlene eine Erklärung geben, als man das erste Läuten der heimkommenden Kühe hörte.

„Es bimmelt, Mutti, es bimmelt“, schrie Adele voller Begeisterung.

„Die lieben Kühe kommen an“, sagte Marlene, „Mutti, nu' müssen wir ganz schnell raus!“

„Freilich, das müssen wir sehen. Die Mutti nimmt auch Salz für die Ziegen mit ...“

„Und für die braune liebe Kuh auch Salz. – Für die liebe Kuh, die uns Milch gibt. – Mutti, kommt die weiße Milch von der Kuh mit den weißen Flecken?“

„Ja, ich glaube es.“

„Dann schenke ich der Kuh meinen Bonbon. Aber jetzt komm schnell, es bimmelt schon viel doller!“

Goldköpfchen ging mit den Kindern hinunter und trat durch den Vorgarten hinaus auf die Straße. Die beiden Fipse klammerten sich auch heute wieder ängstlich an ihren Rock. Und wieder lösten sich die drei Kühe aus der Herde und schlugen den Weg nach dem Stalle hinter dem Scharrschen Hause ein. Goldköpfchen trat an eine der Kühe heran und strich ihr über das blanke Fell. Ängstlich schauten die Kinder zu. Da die Kuh ganz ruhig stehenblieb, wagte sich Marlene einen Schritt vor und streckte zögernd die Hand mit Resis Puppe nach der Kuh aus. Die roch sofort das duftende Heu, glaubte, das kleine Mädchen reiche ihr Futter und streckte den Kopf weiter vor. Entsetzt ließ Marlene das Puppenkind zu Boden fallen. Goldköpfchen hatte den kleinen Fips auf den Arm genommen und ließ ihn, der sich sicher und geborgen fühlte, den Rücken der zweiten Kuh streicheln. So achtete Goldköpfchen nicht auf Marlene, die wie versteinert dastand und zusah, wie die Kuh auf das Puppenkind trat, den Kopf zur Erde beugte und an dem einen Arm, aus dem das Heu herauskam, zu fressen begann.

„Sie – sie – frißt – das Puppenkind!“ Marlene wollte schreien, doch kein Ton kam über ihre Lippen. Sie mußte immerfort hinsehen, wie die Kuh gemächlich das Heu herauszog, denn der dünne Stoffüberzug, der das Heu umschloß, war sehr rasch zerrissen. Adele streichelte indessen jauchzend die zweite Kuh.

„Du – – du Biest –“, flüsterte Marlene leise vor Schreck. „Mutti – Mutti – –“

„Was hast du, großer Fips?“

Schweigend wies Marlene auf das angefressene Puppenkind. Gerade zog die Kuh das Heu aus dem Leibe von Resis Puppe. Goldköpfchen wagte nicht, die Puppe der Kuh zu entreißen. Außerdem war solch ein Puppenkind rasch wieder hergestellt. Auch hatte sich Goldköpfchen bereits vorgenommen, Mali und Resi richtige Puppen zu schenken.

„Warum hast du die fremde Puppe der Kuh hingeworfen?“

„Ich hab' sie nicht geworfen, – sie ist mir weggerutscht. – Ach, Mutti, nu' frißt sie Resis Kind auf!“

Da kam Mali herbei, um die Stalltür zu öffnen. Sie lachte hell auf, als sie die zerfressene Puppe sah. Furchtlos nahm sie die Reste der Kuh fort und ließ die Tiere in den Stall gehen.

Marlene sah das zerstörte Puppenkind an und begann zu weinen. „Mutti, jetzt muß Vati kommen. Schau, hier hängt ihr der Blinddarm heraus, und die Lunge ist angegriffen. – Mutti, was machen wir da?"

„Die Mutti macht der Resi ein neues Puppenkind, damit Resi nicht zu weinen braucht."

„Das Biest, – das Biest", rief Marlene und drohte der Kuh hinter der bereits geschlossenen Stalltür. „Na, wenn ich die böse Kuh mal allein sehe, – na, die kriegt aber 'ne Tracht!"

Dann folgten die beiden Fipse der Mutter ins Haus.

Wenn es brummt ...

Es war ein heißer Tag, als Goldköpfchen mit ihren beiden Fipsen nach dem Gasthaus „Zur Post" ging, um dort, wie alltäglich, das Mittagessen einzunehmen. Während die drei auf das Essen warteten, bettelte Marlene:

„Mutti, lies doch noch mal den Brief vom Vati und den anderen Kindern vor."

Goldköpfchen zog den Brief aus der Tasche. Sie bekam sehr oft Nachricht von daheim; jedes der Kinder teilte der Mutter mit, wie es ihm erginge. Die Nachrichten waren recht zufriedenstellend. Doktor Kirschner schrieb, daß sich die Kinder die größte Mühe gäben, artig zu sein; Frau Leuschner und Fräulein Rettich schrieben dasselbe. Hermann gab ausführliche Berichte über alles, was in der Schule geschah, schrieb der Mutter von den Aufgaben und teilte ihr mit, daß er mit Hilfe des Vaters eine Klingelleitung von einem Zimmer ins andere lege, was furchtbar viel Spaß mache. Jürgen und Stefan waren die einzigen, die hin und wieder von Zank und Streit berichteten, doch endeten die Briefe stets mit der Zusicherung: es geht uns sehr gut, und schlimm ist es nicht, wenn wir uns mal keilen! Erna und Fritz kritzelten einige Buchstaben aufs Papier, machten Kreise und Zeichen, was jedesmal einen Kuß bedeuten sollte, und fragten die Mutti, wann denn die vier Wochen endlich um wären. Ob die Mutti nicht bald zurückkäme. Hermann hatte das Übersetzen der Kritzelei übernommen. Er machte dazu die notwendigen Randbemerkungen. So stand auch heute wieder am Rande, vor seiner Hand geschrieben: „Bleibe ruhig da, liebe Mutti, mache dir keine Sorgen. Die Kinder schreiben nur so dumm, weil sie keinen Verstand haben. Ich sorge schon dafür, daß es ihnen gut geht."

Goldköpfchen las den beiden Kleinen einige Stellen aus des Vaters Brief vor, dann kam das Mittagessen, dem mit großem Appetit zugesprochen wurde.

Plötzlich hielt Marlene im Essen inne. „Mutti, ruf mal nach dem Herrn Wirt!"

„Was willst du von ihm, großer Fips?"

„Ich muß ihm ganz leise was sagen."

„Das kannst du mir doch auch sagen, Fips."

„Nein, Mutti, so was darf man nicht sagen."

„Mir darfst du alles sagen." Marlene wies auf einen dicken Brummer, der schon mehrmals gegen die Fensterscheibe geflogen war und immer erneut Versuche machte, ins Freie zu gelangen.

„Mutti, gib mir mal dein Ohr her, damit ich es dir ganz leise sage."

Goldköpfchen beugte sich zu Marlene nieder.

„Mutti", flüsterte sie, „er hat es verflixt nötig! Er muß raus, er muß schnell mal spazierengehen! Keiner ist da, der ihm aufmacht."

Goldköpfchen lachte, stand auf und öffnete das Fenster ein wenig. Der Brummer flog hinaus ins Freie.

„Es wird ihm draußen nicht recht gefallen", sagte Goldköpfchen. „Es ist heute furchtbar schwül, und ich fürchte, wir bekommen noch ein Gewitter."

„Oh, – ein Gewitter", rief Marlene und schüttelte sich. „Mutti, ein Gewitter ist doch sehr was Schlimmes? Es knallt so!"

„Mutti, ich fürchte mir!" sagte Adele.

„Ich fürchte mich!"

„Fürchtest du dir auch?"

„Es heißt, fürchtest du dich. Du mußt sagen: ich fürchte mich!"

„Warum soll ich sagen: ich fürchte mich, wenn ich mir fürchte?"

„Lieber kleiner Fips, weil das verkehrtes Deutsch ist."

„Warum ist das verkehrtes Deutsch, Mutti?"

„Es heißt: ich fürchte mich."

„Da fürchtest du dir auch, wenn ich mir fürchte? – Mutti, dann fürchten wir uns beide, wenn es donnert!"

„Mutti", – Marlene sprang vom Platze auf, „haste gehört, – es donnert schon!"

„Nein, Marlene, das war hinten in der Kegelbahn."

„Nee, Mutti, das war oben in der Kegelbahn, oben fangen die Englein an Kegel zu schieben."

„Nein, Marlene, – wahrscheinlich kegeln dort hinten in der Kegelbahn, die am Hause angebaut ist, Leute. – Höre nur, da ist das Geräusch schon wieder."

Adele kam dicht an die Mutter herangerückt. Auch Marlene blickte, wenn eine Kugel rollte, ängstlich zur Tür. Wäre das Essen nicht bereits aufgetragen gewesen, so hätte Goldköpfchen die beiden Kinder einen Blick in die Kegelbahn tun lassen, um ihnen die Furcht vor dem Geräusch zu nehmen. Sie hoffte jedoch durch guten Zuspruch das Bangen verscheuchen zu können. Trotzdem war anzunehmen, daß heute noch ein Gewitter aufziehen werde, und Goldköpfchen wußte, daß ihre beiden Kleinen sehr ängstlich waren.

Gerade als der Wirt das Kompott auf den Tisch setzte, rollte in der Kegelbahn wieder eine Kugel.

„Schon wieder Gewitter“, sagte Adele.

„Du fürchtest dich wohl sehr vor dem Gewitter“, fragte der freundliche Wirt.

Adele nickte.

„Brauchst dich nicht zu fürchten, kleines Mädchen, die Engel im Himmel wollen auch Kegel schieben, das macht ihnen Freude.“

„Wenn aber eine Kugel durch die dicken Wolken fällt und uns auf den Kopf“, forschte Marlene, „ist das dann der Blitz? Sind es goldene Kugeln, mit denen die Englein rumpeln?“

„Ja“, lachte der Wirt, „darum leuchtet es so hell, wenn eine Kugel herunterfällt. Dann sagen die Menschen: es blitzt.“

„Nein, das ist keine Kugel“, sagte Marlene. „Ich habe schon gesehen, wenn es blitzt, das ist wie ein Krikelkrakel. – Mutti, ist der Blitz eine goldene Kegelkugel von den Englein?“

„Ihr braucht euch vor dem Blitz nicht zu fürchten“, lenkte Goldköpfchen ab.

„Mutti, ist es eine goldene Kegelkugel?“

Der Wirt lachte. „Nein, du kleines Mädchen, ich habe dir was vorerzählt. – Der Blitz ist eine Entladung, und das Gewitter kommt durch Elektrizität.“

Marlene stemmte beide Ärmchen auf den Tisch, legte das Kinn in die Hände und schaute den Wirt an. „Von was kommt das Gewitter?“

„Von der Elektrizität“, lachte der Wirt. Es machte ihm viel Spaß, die erstaunten Gesichter der Kleinen zu sehen, so wiederholte er langsam: „Von der Elek-tri-zi-tät.“

„Von – der – – Lek-lek-trizet“, rief Adele fröhlich, während Marlene in Gedanken das schwere Wort wiederholte.

„Ihr braucht euch nicht zu fürchten“, fuhr der Wirt fort. Dann wurde er abgerufen.

Die beiden Kinder waren recht schweigsam geworden. Sie dachten wohl über das nach, was man ihnen eben gesagt hatte. Als sich Goldköpfchen dann erhob, um mit den Kindern heimzugehen, hatte sich die Sonne bereits versteckt; dunkle Wolken zogen herauf.

„Kommt ein wenig rascher! Wir müssen uns beeilen.“

„Mutti, haste Angst?“

„Nein, ich möchte nicht, daß wir naß werden, oder daß wir unterwegs ein Gewitter abbekommen.“

„Mutti, du hast doch Angst“, sagte Adele.

„Brauchst keine Angst zu haben“, meinte Marlene und streichelte die Hand der Mutter, „es leckt nur die Trizitee, und die Trizitee ist nicht schlimm.“

Goldköpfchen lachte hell auf. „Trotzdem wollen wir rascher gehen.“

„Mutti, woran leckt denn die Trizitee? Leckt sie an den Wolken?“

„Kommt ganz schnell, schon fallen die ersten Tropfen!“ Im Laufschritt ging es dem Wohnhause zu.

Unten im Hausflur stand Frau Scharr mit ihrer kleinen Tochter Mali.

„Das wird heute ein böses Wetter geben“, sagte die Bergführersfrau.

„Mali, – hast du Angst?“ fragte Marlene.

„Als ich klein war, habe ich Angst gehabt. Dann bin ich ins Bett gegangen, dort habe ich mich fest zugedeckt. Da habe ich nichts vom Blitz gesehen und nichts vom Donner gehört.“

„Hört man im Bett nichts?“

„Nein, – ich bin in Vaters Bett gekrochen und habe mich ganz fest zugedeckt.“

Goldköpfchen hatte unterdessen mit Frau Scharr gesprochen. Sie wollte Frau Kirschner die letzte Mietsquittung aushändigen und bat Goldköpfchen, mit den beiden Kleinen ins Zimmer zu kommen. Adele und Marlene beschauten das hohe Bett, das in einer Nische stand. Dicke Betten türmten sich auf der Lagerstatt auf; über diese Betten war eine Decke gebreitet. So ein hohes Bett hatten die Kleinen noch nie gesehen. Daheim waren die Betten niedrig, man schlief im Sommer unter Decken. Hier aber sah man einen Bettenturm.

„Bist du in das Bett gekrochen, wenn's donnert?“ fragte Marlene.

„Ja“, erwiderte Mali.

„In dem Bett hört man gar nichts?“

„Nein!“

„Die Adele kriecht immer unters Bett, wenn's donnert.“

„Unterm Bett hört man aber alles.“

Wieder betrachtete Marlene das hohe Bett. Oh, es war wohl möglich, daß man in diesem Bett nichts von dem bösen Donner hörte und auch den blitzenden Blitz nicht sah. – Schade, daß oben, im Verandazimmer, das die Mutti mit den beiden Fipsen bewohnte, nicht auch ein so hohes Bett stand.

„Kommt, Kinder, wir wollen wieder hinaufgehen“, ertönte der Mutter Stimme. Dann gingen die drei hinauf. Sorgsam prüfte Goldköpfchen Fenster und Türen, denn es war bereits ein heftiger Wind aufgesprungen. In der Ferne hörte man das erste dumpfe Grollen des Donners.

„Mutti, – jetzt donnert's!“

„Ihr kommt zu mir, und die Mutti erzählt euch eine hübsche Geschichte.“

Es war wohl das richtigste, die Kleinen durch ein Märchen abzulenken, damit sie nicht ununterbrochen auf den Donner achteten. Märchen hörten die kleinen Fipse sehr gern.

„Mutti, was erzählst du uns?“

„Vom Dornröschen oder vom Rotkäppchen –"

„Nee, Mutti, erzähle mal, warum das kleine Mädchen immer leckt, und warum es dann donnert."

„Es leckt kein kleines Mädchen an den Wolken."

„Ja, Mutti, der Mann in der Post hat es doch gesagt. Und die Leute, die in Pinzau wohnen, wissen doch von hier alles besser als wir. – Das hast du gestern gesagt. – Warum leckt also das kleine Mädchen?"

Da flammte der erste Blitz auf, dem gleich darauf ein heftiger Donner folgte. Der kleine Fips sprang vom Stuhl herunter und war im nächsten Augenblick unter dem Bett der Mutter verschwunden.

„Aber, Adele", rief Goldköpfchen, „komm rasch wieder hervor. Was willst du dort unten!"

„Hu – der häßliche Donner!" klang es weinerlich. „Dann fällt mir 'ne Kugel von den Englein auf den Kopf. – Hu, Mutti – hu!"

Goldköpfchen kniete neben dem Bett nieder und streckte die Hand nach Adele aus. „Komm hervor, kleiner Fips! Deine Mutti ist doch bei dir und beschützt dich."

„Mutti", klang es kläglich, „komm mit, – komm zum kleinen Fips!" Goldköpfchens Hand wurde ergriffen; Adele zog aus Leibeskräften.

„Mutti, wir wollen alle unters Bett gehen", sagte Marlene. – „Oh, – Mutti, da knallt es schon wieder!"

Vergeblich versuchte Goldköpfchen Adele zu bewegen, unter dem Bett hervorzukommen. Der kleine Fips blieb liegen.

„Mutti", sagte Marlene, „wir wollen uns ins Bett legen, dort hören wir nichts. – Komm, Mutti, kriechen wir beide ins Bett, dort ist es schön!"

„Ihr habt nichts zu fürchten, Kinder."

Der Himmel verfinsterte sich mehr und mehr. Er sah wirklich recht unheimlich aus. Dabei schlugen dicke Regentropfen gegen die Fensterscheiben. Die Äste der Bäume bogen sich hin und her, und der

Sturm, der immer stärker wurde, ließ ein unheimliches Heulen hören. Marlene kroch mit den Kleidern in ihr Bettchen.

„Aber Marlene“, tadelte die Mutter.

Da, – schon wieder ein greller Blitz und sogleich ein heftiger Donner. „Mutti, das Bett taugt nichts! In meinem Bett donnert es auch!“

„Aber, Kinder, ihr braucht euch wirklich nicht zu fürchten.“

Da kam ein Schlag, der das Haus erzittern ließ. Auch Goldköpfchen war jäh zusammengezuckt. Wenige Augenblicke war es totenstill im Zimmer. Goldköpfchen trat ans Bettchen der kleinen Marlene. Sie lag mit weitgeöffneten ängstlichen Augen da. Unter dem Bett aber ertönte eine zitternde Stimme:

„Mutti, – sind wir jetzt tot?“

„Nein, mein liebes Schäfchen.“

Ein zweiter Schlag folgte. Der Blitz hatte das Zimmer hell erleuchtet. Beide Kinder begannen laut zu weinen.

„Mutti, ich will in das große Bett! – Mutti – – Mutti – –“

Adele kam unter dem Bett hervorgekrochen und klammerte sich an die Mutter. „Wir wollen zum Vati, hier donnert es immerzu. – Hu, Adele fürchtet sich!“

Goldköpfchen drückte beide Kinder fest an sich. „Ihr braucht euch nicht zu fürchten“, wiederholte sie, „es ist nichts Schlimmes. Es ist eben hinter den Wolken zu heiß, da kommt die Hitze herunter. Wenn sie durch die Wolken kommt, gibt es ein brummendes Geräusch. Wir nennen das Donner.“

Goldköpfchen schüttelte über diese Erklärung selbst den Kopf. Wie aber sollte sie ihren Kleinen die Entstehung des Gewitters klarmachen?

Dadurch, daß die besorgte Mutter ihre Fipse fest in den Armen hielt und an ihre Brust drückte, fühlten sich die Kinder etwas sicherer. Außerdem ließ die Stärke des Unwetters rasch nach. Es wurde wieder ein wenig heller. Langsam wagten die beiden Fipse, ans Fenster zu treten.

„Wie lange brummt es noch, Mutti?“ fragte Adele weinerlich.

„Ich glaube, nun hat es bald ausgebrummt“, gab Goldköpfchen zurück.

„Das Gewitter kommt nur, weil die – Trizitee an den Wolken leckt? – Mutti, dann müßte die Trizitee feste verhauen werden. – Alle Leute fürchten sich doch. – Oh, Mutti“, Marlene schrie plötzlich laut auf, „was machen denn die Kühe und die Ziegen draußen auf der Wiese, wenn das Gewitter da ist?“

„Sie suchen Schutz unter den Bäumen.“

„Ist da kein Gewitter?“

„O doch, kleiner Fips, die Tiere werden nur nicht so naß, wenn sie unter den Bäumen stehen. Außerdem fürchten sich die Tiere nicht so sehr vor einem Gewitter.“

„Ach, Mutti, dann möchte ich eine Kuh oder eine Ziege sein, damit ich mich nicht fürchte!“

Eine halbe Stunde später war das Gewitter verzogen, auch der Regen hatte nachgelassen. Als Goldköpfchen die Fenster öffnete, strömte wunderbare frische Luft ins Zimmer.

„Schaut, wie nützlich ein Gewitter ist“, sagte Goldköpfchen, „heute mittag war es sehr heiß, und jetzt ist es wunderbar frisch draußen.“

„Mutti, wenn die Tiere heute abend nach Hause kommen, mußt du ihnen viel Salz geben, weil ein Gewitter war.“

Da es draußen zu naß war, ließ Goldköpfchen die beiden Kinder nicht ins Freie. Sie mußten auf der großen Veranda spielen. Ganz allmählich ging sie daran, die Vorbereitungen für das Abendessen zu treffen.

„Ihr bekommt heute zur Belohnung Eierkuchen. Die Mutti bäckt jedem von euch einen schönen Eierkuchen.“

Die beiden Kinder klopften sich auf die Mägen. Eierkuchen mit Beeren schmeckte gar zu gut!

„Mutti, machste wieder auf der Britzel-Bratzelpfanne aus Silber den Eierkuchen?“

„Freilich!“

„Mutti, die Frau Scharr hat nur eine schwarze Pfanne. Wir haben eine silberne Pfanne mitgebracht.“

„Die Pfanne ist nicht aus Silber.“

„Doch, Mutti, sie ist aus Silber. Wir haben eine Britzel-Bratzelpfanne aus Silber, und die Frau Scharr hat nur eine olle schwarze! – Mutti, schenke ihr doch auch einen Eierkuchen von unserer silbernen Pfanne.“

„Jetzt wird die Mutti erst einmal hinuntergehen und die gute Frau Scharr bitten, ihr Eier zu verkaufen. Ihr bleibt inzwischen ruhig hier sitzen.“

„Ach, laß uns mitkommen und die Eier tragen, weil wir doch beim Gewitter sooo artig waren!“

„Gut, so kommt mit!“

Frau Scharr stand in der Küche und schälte Kartoffeln.

„Es ist gut, daß das Gewitter nicht lange andauerte“, sagte Goldköpfchen.

„Ich traue dem Wetter nicht recht“, sagte Frau Scharr, „dort hinten ballt sich wieder etwas zusammen. Ich fürchte, das Gewitter kommt noch einmal zurück.“

Marlene hätte beinahe das Ei fallen lassen, das sie in der Hand hielt. „Mutti, – wann kommt es?“

„Ihr braucht euch nicht zu fürchten“, wiederholte Goldköpfchen.

Da kam Mali gelaufen und brachte in einem Korbe Pilze, schöne gelbe Pilze.

„Das sind Schwammerln“, sagte Mali, als Marlene forschend die gelben Pilze betrachtete.

„Ihr kennt sie doch auch“, sagte Goldköpfchen. „Pfefferlinge essen wir daheim auch oft.“

„Mutti, ich möchte heute abend – Schwammerln haben!“

„Wenn du sie gerne magst“, sagte die gutherzige Frau Scharr, „mache ich euch welche zurecht.“

„Ich mag sie furchtbar gerne“, sagte Marlene und klopfte sich auf den Magen.

„Dann mache ich euch welche zurecht.“

„Kommt mit mir, Kinder!“

„Mutti, laß uns bei den Schwammerln bleiben. Wenn sie fertig gemacht sind, kommen wir wieder 'rauf.“

„Lassen Sie die Kleinen ruhig hier“, sagte Frau Scharr.

So ging Goldköpfchen allein wieder hinauf. Die Kinder verblieben in der Küche. – Plötzlich war wieder dumpfes Grollen zu hören.

„Es brummt“, sagte der kleine Fips.

„Ja, ja, ich glaube, das Gewitter kommt zurück“, meinte Frau Scharr, „ich will schnell hinaufgehen und überall die Fenster schließen. Ihr tut am besten, ihr geht hinauf zur Mutti. – Komm, Mali!“

Während Frau Scharr und Mali hinaufgingen, standen Marlene und Adele allein im Hausflur.

„Es brummt schon wieder. – Komm, kleiner Fips, wir gehen ins große Bett, da brummt es nicht.“

Drüben war die Tür, die in das Zimmer führte, in dem das Bett mit dem Bettenturm stand. Dort konnte man Schutz suchen. Mali meinte, in diesem Bett sähe man keinen Blitz, noch höre man den Donner.

Adele ließ sich willig von der Schwester mitziehen. Der Gedanke, daß es wieder so furchtbar knallen könnte wie vorhin, war zu schrecklich.

In dem Zimmer war niemand. Unschlüssig stand Marlene da. Da hörte sie erneut das Donnern. Es klang schon lauter.

„Komm!“ sagte Marlene, schob Adele zwischen die vielen Betten und kroch hinter ihr her. Auf den Kindern lagen zwei dicke Deckbetten. Immer tiefer schlängelten sich die beiden Kleinen in das schützende Bett. Dort lagen sie mäuschenstill. – Es war wirklich nichts mehr zu hören.

„Ein feines Bett“, flüsterte Marlene der Schwester zu, „hier ist es schön. – Hast du Angst?“

„Nein“, stieß der kleine Fips mühsam hervor, denn er bekam unter der Bettenlast kaum Luft.

„Wir liegen ganz still, dann rumpelt es nicht.“

Das Gewitter kam nicht näher, leise grollte es in der Ferne. Trotzdem hielt es Goldköpfchen für richtig, nach ihren Kindern zu sehen, da sie wußte, daß sich die beiden Fipse bei jedem Donnerrollen ängstigten. Anscheinend waren sie jetzt an der Zubereitung der Pilze so interessiert, daß sie alles andere darüber vergaßen.

Goldköpfchen ging die Treppe hinab und betrat die Küche. Sie war leer. Sie hatte oben auf dem Hausboden Schritte vernommen und glaubte, ihre Kleinen wären vielleicht mit Frau Scharr hinaufgegangen, denn auch der Boden des Holzhauses bot den Kindern viel Sehenswertes. So wartete die Mutter.

Frau Scharr und Mali kamen zurück. Auf Goldköpfchens Frage nach Marlene und Adele konnten sie keine Auskunft geben.

„Ich schickte die Kinder zu Ihnen hinauf, Frau Kirschner. – Mali, lauf und sieh nach, ob die Kinder vorn in der Veranda sind.“ Sehr bald kam Mali zurück mit der Nachricht, auch dort sei niemand zu sehen.

„Fips – – Fips – – „ klang es durch das Haus. –

Keine Antwort erfolgte.

„Vielleicht sind die Kinder in den Garten gegangen.“ Goldköpfchen ging hinaus und schaute in die Laube. Dann ging sie nach dem Stall, aber auch hier waren die Kinder nicht zu sehen.

Sollten sie zum Nachbar Enzinger gegangen sein? Zu dem Großvater, der die zahmen Wellensittiche hatte? Rasch wollte sie dort fragen.

„Sind meine beiden Fipse hier?“

Niemand im ganzen Hause hatte die Kleinen gesehen. Trotzdem wurde durch das ganze Haus nach ihnen gerufen, und auch der Großvater beteiligte sich an der Suche.

Goldköpfchens Unruhe stieg mehr und mehr, zumal sich der Himmel bedenklich verfinsterte und auch der Donner stärker wurde. – Wo mochten die Kinder sein? Sie ging zurück, eilte wieder hinauf in ihr Zimmer, schaute unter die Betten, in den Kleiderschrank. – Nichts war von den Kindern zu sehen.

Wieder eilte Goldköpfchen hinunter. Frau Scharr war in der Küche beschäftigt, am Tische saß die kleine Mali.

„Jetzt hilf einmal die Kinder suchen, Mali“, sagte Frau Scharr, „rufe überall laut nach ihnen, du wirst sie gewiß finden.“

Bergführer Scharr war soeben von einer Tour heimgekommen; er lachte, als er Goldköpfchens Sorgen bemerkte.

„Verloren sind sie gewiß nicht gegangen, und auf den Pihapper werden sie auch nicht gestiegen sein. Lassen Sie es erst kräftig gewittern, dann kommen sie von allein zum Vorschein.“ Nach diesen Worten ging Scharr ins Nebenzimmer, griff nach der Zeitung und setzte sich ans Fenster.

„Großer Fips! – Kleiner Fips! –“ Immer wieder war Malis Stimme zu hören. Aber alles Rufen war vergeblich. Obwohl sich das Gewitter rasch näherte, lief Goldköpfchen noch in mehrere Häuser, aber niemand hatte ihre Kinder gesehen. Nun stand sie wieder im Hausflur und überlegte in banger Sorge, wo sie noch suchen sollte.

Ein heftiger Donner, dann ein heller Blitz und wieder ein lauter Donner.

„Die Kinder, wo sind die Kinder“, klagte Goldköpfchen, „wie werden sie sich ängstigen!“

„Kommen Sie ins Zimmer“, sagte die gutherzige Frau Scharr. „Von dort aus können wir den Hauseingang beobachten. Ich bin überzeugt, daß die beiden Fipse bald gelaufen kommen.“

Goldköpfchen nahm am Fenster Platz. Frau Scharr blieb noch in der Küche.

Wieder ein greller Blitz und lautes Donnern – – der Himmel sah schwefelgelb aus. Goldköpfchen bebte vor Angst um die Kinder. Es war doch sonst nicht die Art der Kleinen, fortzulaufen. Es war ihnen streng von der Mutter verboten worden.

Jetzt ein greller Blitz, ein lautes Krachen, dazu ein schriller Schrei aus der Zimmerecke. Lautes Poltern, – aus dem großen Bett fiel ein kleines Mädchen im roten Kleide. „Hu, – es brummt auch im Bett!“

„Marlene – –“

Aus dem Bett klang gedämpftes Weinen, dann bewegte sich der Betthaufen langsam; Adeles Kopf schaute an der Seite zwischen den Betten heraus. „Hu – es brummt!“

Noch lag Marlene entsetzt auf dem Fußboden. Aber da war auch Goldköpfchen schon zur Stelle und hob die Kleine erleichterten Herzens auf. „Aber, Kinder, – wie habe ich mich geängstigt!“

„Vor dem Gewitter?“

„Mutti, es brummt!“

Adele wurde aus den zahlreichen Betten herausgezogen, dabei berichtete Marlene mit ängstlicher Stimme, daß sie in diesem Bett, als es wieder zu brummen anfing, Zuflucht gesucht habe.

Bergführer Scharr lachte laut auf. „So habe ich es als Junge gemacht, – daran hätte ich denken sollen! – Hab' mich ohnehin gewundert, daß das Bett heute so unordentlich aussieht.“

„Mutti, es brummt auch in dem großen Bett. – Mutti, wir kommen zu dir, halt uns ganz fest, damit uns keine Kugel auf den Kopf fällt.“

Goldköpfchen wollte mit den Kindern hinaufgehen, aber Scharr bat herzlich, hierzubleiben, er habe so selten Gelegenheit, mit den Kleinen zu plaudern.

„Soll ich euch von den Bergen erzählen? Von Gemsen? Schaut mal her“, dabei nahm er seinen Filzhut vom Nagel, „das hier ist ein Gemsbart, der Bart der Gemsen.“

„Och, du Schwindler“, lachte Marlene, „nur die Männer haben einen Bart!“

„Na, großer Fips, da irrst du dich. – Warte mal, ich bringe dir ein Bild.“

Die Kinder schreckten wohl manches Mal noch zusammen, wenn wieder ein lauter Donner zu hören war, aber Scharr hatte so schöne Bilder von Gemsen und Blumen, daß ihre Gedanken abgelenkt wurden.

„Also der Gemsbart“, wiederholte Scharr, „wo ist er?“

Adele tippte auf den Hut. „Da!“

„Nein, wo sitzt er bei den Gemsen?“

Adele tippte auf die Haare, die der Gemsbock am Kinn hat.

„Nein, Kleine, hier sitzt er.“ Dabei wies er auf das Genick des Tieres. „Es sind ganz bestimmte Haare, die zum Schmuck des Hutes verwendet werden. – Sieh her, hier ist der Bart.“

Marlene schrie vor Lachen. „Der Bart ist doch nicht oben auf dem Rücken, der Bart hängt doch 'nem Manne unten am Munde!“

„Aber nicht bei der Gemse, Fips!“

„Ach – du bist ja dumm! Der alte Mann dort drüben hat auch seinen Bart im Gesicht und nicht hinten am Halse.“

Marlene bekam von der Mutter einen Verweis. Aber der große Fips schüttelte energisch den Kopf. „Mutti, große Leute reden kleinen Mädchen viel vor. Der Postmann hat auch gesagt, der Blitz ist eine goldene Kugel, und das ist doch falsch! – Der Bart von der Gemse hängt unten am Halse.“ Dann wandte sie sich an Scharr. „Ich glaub' dir nicht. Wenn du schwindelst, brauchst du mir nichts mehr zu sagen.“

Goldköpfchen gelang es erst viel später, Marlene davon zu überzeugen, daß bestimmte Haare im Nacken der Gemse zur Herstellung von Hutschmuck verwendet werden, und daß man diese Haarbüschel Gemsbart nennt.

Die Britzel-Bratzelpfanne

Goldköpfchen saß auf der Veranda des Hauses und schrieb einen Brief an ihre Angehörigen. Wenn sie hinausschaute, konnte sie ihre beiden Kinder sehen, die im Garten mit Mali und Resi spielten. Man hatte die kleine Puppenküche vorgeholt, anscheinend wurde dort unten fleißig gekocht. Von Zeit zu Zeit schallte lautes Lachen oder frohes Rufen zu Goldköpfchen hinauf.

„Eine silberne Pfanne haben wir!“

„Aus richtigem Silber?“

„Ja, – aus ganz richtigem Silber, genau wie Silber so silbern!“

„Glaub' ich nicht“, sagte Resi.

„Doch –“ meinte Marlene, dann rief sie hinauf zur Mutti: „Nicht wahr, wir haben eine silberne Pfanne, – eine Britzel-Bratzelpfanne?“

„Sie sieht nur wie Silber aus“, antwortete Goldköpfchen, „aus Silber ist sie nicht. Aber zum Unterschied von der schwarzen, der eisernen Pfanne, kann man sie silbern nennen, obwohl sie aus Aluminium ist.“

„Siehst du –“ sagte Marlene. „Wir haben doch 'ne silberne Britzel-Bratzelpfanne!“

„Eine Britzel-Bratzelpfanne? – Was ist das?“

„Hahaha, – Mutti, die Resi kennt keine Britzel-Bratzelpfanne! – Mutti, wir kommen alle rauf zu dir, dann zeigst du der Resi die Britzel-Bratzelpfanne.“

Goldköpfchen legte die Feder aus der Hand und ging den Kleinen entgegen. In einem schmalen Schrank, hier auf der Holzveranda, standen die Teller, die wenigen Schüsseln und anderes Geschirr, das Goldköpfchen für den kleinen Haushalt gebrauchte. Im untersten Fach befanden sich zwei kleine Kochtöpfchen und die wie Silber glänzende Bratpfanne.

Nun standen die vier Kinder um Goldköpfchen herum, und sie zeigte ihnen die Aluminiumpfanne.

Mit sichtlicher Enttäuschung beschauten Mali und Resi das Kochgeschirr. „Das ist doch ein Tiegel", sagte Resi.

„Nein, das ist unsere Britzel-Bratzelpfanne!"

„Nein, das ist ein Tiegel", bestätigte Mali wichtig. „So was haben wir auch!"

„Mutti, das ist doch unsere Britzel-Bratzelpfanne?"

„Freilich, man nennt diese Pfanne in manchen Gegenden einen Tiegel. Das ist genau dasselbe."

„Warum ist das ein Britzel-Bratzeltiegel?" forschte Mali.

Goldköpfchen lachte. „In Erinnerung an ein schönes Märchen, das ich als Kind so sehr liebte und mir immer wieder von den Eltern erzählen ließ. So habe ich diese Pfanne Britzel-Bratzelpfanne genannt."

Der kleine Fips klatschte in die Hände. „Mutti, erzähle von der Britzel-Bratzelpfanne!"

„Ich muß erst den Brief fertigschreiben, dann erzähle ich euch die Geschichte."

Marlene holte ein kleines Stühlchen heran, setzte sich darauf nieder und sagte: „Nu' schreib ganz schnell. Wir bleiben gleich hier, und dann erzählst du uns."

Goldköpfchen lächelte. Es würde mit dem Briefe ganz bestimmt nichts rechtes werden, wenn vier Kinder erwartungsvoll um sie herumsaßen und auf die Geschichte von der Britzel-Bratzelpfanne warteten. Es würde auch wenig Zweck haben, die vier wieder hinunter in den Garten zu schicken, um weiterzuspielen; unablässig würde von unten herauf das Fragen klingen, ob denn der Brief noch immer nicht fertig sei. So war es vielleicht am richtigsten, wenn sie das Briefschreiben bis zum Abend hinausschob und sogleich den Kindern das Märchen von der Britzel-Bratzelpfanne erzählte.

Warum hatte Goldköpfchen ihren Kindern diese Geschichte eigentlich nicht schon längst erzählt? Sie gehörte zu ihren Lieblingserzählungen. Immer wieder hatten ihre Eltern dieses Märchen wiederholen müssen, als sie noch ein Kind war. Sie hatte jeder neuen Pfanne den Namen Britzel-Bratzelpfanne gegeben, in Erinnerung an die Wunderpfanne im Märchen.

„Mutti, fang doch an!"

Auf der Veranda saßen vier Kinder um Goldköpfchen herum. Und Goldköpfchen begann:

„In einem kleinen Städtchen lebte ein vierzehnjähriges Mädchen mit Namen Maria. Beide Eltern waren gestorben, nun wußte das arme Ding nicht, was es anfangen sollte, denn Maria hatte auch kein Geld und mußte daher etwas verdienen. Fast alle Lebensmittel waren verbraucht, nur noch etwas Brot und Mehl waren vorhanden. Da kam eines Mittags ein alter Mann ins Haus, der hatte einen blauen Mantel um und einen langen weißen Bart."

„Einen Gemsbart", sagte Adele.

„Hing der Bart unter dem Kinn oder auf dem Rücken?" fragte Marlene.

„Er hatte einen richtigen Bart, wie ihn Männer oft haben", fuhr Goldköpfchen fort.

„Also keinen Gemsbart?"

„Dieser alte Mann bat um etwas Essen, und Maria teilte mit ihm das letzte Stück Brot und kochte rasch noch eine Mehlsuppe."

„Wenn sie nur Mehl hat und kein Salz und kein bißchen Zucker, muß die Suppe nicht geschmeckt haben."

„Doch, Marlene, sie hat dem alten Manne geschmeckt, und als er satt war, sagte er, er wäre der Beschützer aller guten Kinder. Er wisse, daß Maria immer brav und fleißig gewesen sei, so wolle er ihr helfen. Er fragte sie, ob sie einen Wunsch habe, den er ihr gern erfüllen würde.

„Wenn er so arm ist, daß er um ein bißchen Brot bittet, kann er ihr doch nichts schenken?“

„Er war gar nicht so arm. Der Mann war vom lieben Gott geschickt, er solle forschen, wo mildtätige Menschen wohnen, und diese dann beschenken.“

„Eine Mehlsuppe wollen wir dem alten Manne auch geben, Mutti. Wenn ich mir dann was wünschen darf, wünsche ich mir ein Schaukelpferd!“

„Sei doch endlich still, Fips“, mahnte Mali, „wir wollen weiter hören.“

„Die kleine Maria wünschte, der alte Mann möge ihr raten, was sie tun sollte. Sie möchte gern arbeiten, sei wohl aber noch zu jung, um eine Stelle anzunehmen. Vielleicht wisse er einen guten Rat.

Da griff der Alte unter seinen faltigen Mantel und zog eine silberne Pfanne hervor, die er Maria reichte. „Nimm diese Pfanne“, sagte er, „jedes Gericht, das du verlangst, wird darin erstehen. Du mußt nur gut und brav bleiben, sonst verliert diese Wunderpfanne ihre Kraft.““

„Bäckt die Wunderpfanne auch Eierkuchen?“

„Alles was Maria wünschte, sollte diese Pfanne braten und backen können. Der alte Mann sagte ihr, sie müsse, wenn sie ein Gericht wolle, die Augen schließen und langsam den kleinen Vers sagen:

> „Britzel-Bratzelpfanne, ich bitte dich fein,
> Es soll dies oder jenes sein.“

Wenn Maria, dann die Augen wieder öffnen würde, läge das gewünschte Gericht auf der Pfanne, bratete und brutzelte und würde wunderschön geraten.“

„Britzel-Bratzelpfanne, ich bitte dich fein, es soll ein Haufen Pflaumen sein“, rief Marlene, „Mutti, hat die Britzel-Bratzelpfanne auch Pflaumen gehabt?“

„Pflaumen braucht man nicht zu braten, großer Fips! Doch nun hört weiter! – Das Mädchen nahm die Britzel-Bratzelpfanne dankend entgegen. Da war der alte Mann auch schon verschwunden. Anfangs glaubte Maria nicht recht an die Kraft der Pfanne, denn sie sah nicht anders aus als jede andere Pfanne. Trotzdem wollte sie die Wunderkraft erproben, schloß die Augen und sagte:

„Britzel-Bratzelpfanne, ich bitte dich fein,
Es soll ein kleines Schnitzel sein.“

Da erhob sich in der Pfanne ein Prasseln und Brodeln, und als Maria die Augen öffnete, lag auf der Pfanne ein herrliches Schnitzel, das war bald fertig gebraten und schmeckte prachtvoll. Am Abend versuchte Maria nochmals die Britzel-Bratzelpfanne, erbat Rühreier, und auch diesmal versagte die Pfanne nicht.“

„Oh, so eine Pfanne müßten wir auch haben, Mutti!“

„Obwohl Maria nun reichlich zu essen hatte, wollte sie doch nicht untätig bleiben und Geld verdienen. Da hörte sie eines Tages von der Nachbarin, daß das größte Hotel der Hauptstadt einige junge Küchenmädchen verlange, die leichte Arbeit täten. Maria beschloß sofort, nach der Hauptstadt zu fahren, um sich zu melden.“

„Hat sie die Britzel-Bratzelpfanne auch mitgenommen?“

„Freilich, kleiner Fips! So kam sie ins Hotel und wurde auch sofort angenommen. „Du bist zwar noch klein“, sagte der Koch, „ich will es aber mit dir versuchen!“ Sie mußte das Geschirr abtrocknen und beim Kartoffelschälen und Gemüseputzen helfen. Da Maria fleißig und immer artig war, hatte sie jeder gern.“

„Hat sie sich manchmal auf der Britzel-Bratzelpfanne was gebraten?“

„Das war nicht nötig, denn sie bekam im Hotel genug zu essen.“

„Aber das mag ihr nicht immer geschmeckt haben. Sie hätte sich doch immer auf der Britzel-Bratzelpfanne Eierkuchen machen sollen."

Wieder erhielt sie einen leichten Stoß von Mali, die ihr zuflüsterte: „Sei doch still, wir wollen weiter hören."

Goldköpfchen erzählte weiter: „Eines Tages kamen viele Gäste ins Hotel, denn man feierte ein großes Fest. Alle mußten helfen. Nun hatte der Koch gerade einen schönen Gänsebraten auf dem Feuer, wurde aber für kurze Zeit fortgerufen. Da schlich der große Hund des Hotels in die Küche, roch den prachtvollen Braten, stellte sich mit den Vorderpfoten auf den Herd, ergriff die Gans an einem Bein und stürmte mit seiner Beute aus der Küche, ehe ihn jemand daran hindern konnte."

„Das Biest, – das Biest", rief Marlene erregt, „na, der hat sich sicher überfressen! So ein großer Gänsebraten für einen Hund!"

„Es war gewiß ein ganz großer Hund", sagte Mali.

„Mutti, erzähle weiter!" drängte der kleine Fips.

„Der Koch kam zurück, sah entsetzt die leere Pfanne und machte großen Krach. Er fragte jeden, wo der Braten geblieben sei, aber niemand konnte mehr helfen, denn der Hund war mit dem Gänsebraten weit fortgelaufen. Was sollte nun werden? Die Gäste hatten sich gerade auf den Gänsebraten gefreut. Der Koch lief händeringend umher und schrie: „Wer verschafft mir einen neuen Gänsebraten?""

„Die Britzel-Bratzelpfanne ist doch da!"

„Das dachte auch Maria. Sie ging in ihre Kammer, holte die Pfanne hervor, schloß die Augen und sagte:

„Britzel-Bratzelpfanne, ich bitte dich fein,
Es soll ein Gänsebraten sein."

Da begann es wieder in der Pfanne zu braten und zu schmoren, und nach wenigen Augenblicken lag auf der Pfanne ein riesengroßer Gänsebraten. Maria eilte voll Freude zum Koch und brachte ihm den

Braten. Der Koch war erstaunt, fragte Maria, woher sie den Braten habe; die aber lachte und sagte, es sei ihr Geheimnis, das sie nicht verraten dürfe. Der Gänsebraten war sehr gut gebraten, und alle Gäste meinten, sie hätten noch nie eine so schöne Gans gegessen. Für den nächsten Sonntag bestellten sie wieder eine so prächtig gebratene Gans."

„Die hat die Maria wieder auf der Britzel-Bratzelpfanne gebraten!"

„Ja, das hat sie. Der Koch trug Maria auf, wieder solch eine schöne Gans zu braten. Und als der Sonntag kam, paßte er genau auf das kleine Mädchen auf. Er meinte, es sei höchste Zeit, die Gans zurechtzustellen, aber Maria half noch immer beim Kartoffelschälen, und erst eine halbe Stunde vor dem Essen ging sie in ihre Kammer, holte die Pfanne hervor, schloß die Augen und sagte den kleinen Vers. Da britzelte und bratzelte die Pfanne wieder gar lustig. Der Koch aber schaute durch das Schlüsselloch, riß die Augen weit auf und wußte gar nichts zu sagen. Auch dieser Gänsebraten mundete prachtvoll. Da wollte der Koch Maria nochmals auf die Probe stellen und sagte: „Wenn du mir noch einen Pappel-Pippel-Poppel braten kannst, sollst du meine erste Köchin sein und viel Geld verdienen." Maria wußte nicht, was das für ein Gericht war, aber die Britzel-Bratzelpfanne würde ihr helfen. Und wieder ging sie in ihre Kammer, sagte das Sprüchlein, und schon brutzelte das schwierige und außerordentlich leckere Gericht auf der Pfanne. Maria ahnte nicht, daß der Koch hinter der Tür stand und alles belauschte."

„So ein Biest", rief Marlene mit hochroten Wangen, „man darf doch nicht horchen!"

„Nun wollte der Koch durchaus die Wunderpfanne haben. Er fing an, Maria zu kränken, behauptete, sie sei faul und erklärte eines Tages, sie müsse den Dienst verlassen, er könne sie nicht mehr brauchen."

„Pfui, war das häßlich!"

„Maria weinte bitterlich, denn sie wußte, daß sie nichts Schlimmes getan hatte. Sie packte ihre Sachen, legte die Britzel-Bratzelpfanne oben in den Koffer und wollte gehen. Da hielt sie der Koch zurück. „Hast du auch nichts von den Hotelsachen mitgenommen?" Er riß ihr den Koffer aus der Hand und sah die Bratpfanne darin liegen. Da er die Pfanne haben wollte, schrie er laut: „Was fällt dir ein, unsere beste Pfanne mitzunehmen? Sie bleibt hier!“ Maria weinte und sagte immer wieder, diese Pfanne wäre ihr Eigentum. Aber der Koch behielt die Pfanne und warf Maria hinaus.“

„So ein Biest!“

Bitterlich weinend stand Maria draußen, denn sie hatte ihre Stelle und die Britzel-Bratzelpfanne verloren. Außerdem hielt man sie für eine Diebin. Der Koch aber war hocherfreut und verschloß die Britzel-Bratzelpfanne sorgsam. Am nächsten Sonntag sollte es wieder einen Gänsebraten geben. Der Koch ging den ganzen Vormittag spazieren, erst kurz vor dem Essen holte er die Pfanne hervor, schloß die Augen und sagte:

„Britzel-Bratzelpfanne, ich bitte dich fein,
Es soll ein Gänsebraten sein.“

Da fing es wieder in der Pfanne an zu brodeln und zu kochen, und bald lag der Braten schön knusprig da. Er wurde zerteilt und in den Speisesaal getragen. Dort begann lautes Schelten. Der Koch wurde gerufen, denn der Braten war plötzlich schwarz, kein Stück war zu essen, alles war verbrannt. Der Koch war erschrocken, er hatte doch einen schönen knusprigen Braten hereintragen lasten. – Nun war er verbrannt.“

„Ätsch“, rief Marlene, „das hat die Britzel-Bratzelpfanne gemacht, weil er ein schlechter Kerl ist!“

„Am nächsten Tage ging es mit dem Kalbsbraten ebenso, und am dritten Tage waren auch die Hühner, die auf der Britzel-Bratzelpfanne gebraten waren, nicht zu essen. Da ließ der Gasthofsbesitzer seinen Koch kommen und sagte ihm, er solle sofort seine Stelle verlassen, denn einen Koch, der so schlecht koche wie er, könne er nicht brauchen. Da gestand der Koch sein Unrecht, erzählte von der Britzel-Bratzelpfanne und daß ihm diese Pfanne den Schabernack gespielt habe.“

„Ist ihm ganz recht", sagte Resi, „fort muß er!"

„Der Gasthofsbesitzer verlangte, daß man das fleißige Mädchen Maria wieder herrufen lasten solle. Die ganze Gegend wurde nach ihr abgesucht; schließlich fand man Maria. Sie hatte bei armen, guten Leuten Aufnahme gefunden. Der Koch bat sie selbst, sie möge ins Hotel zurückkehren und ihm sein Unrecht verzeihen. Erst wollte Maria nicht mitgehen, da sie aber allein und verlassen war, tat sie es doch. Der Gasthofsbesitzer nahm sie freundlich an der Hand, sagte ihr, sie könne für immer bei ihm bleiben, denn er habe gehört, daß die Britzel-Bratzelpfanne nur von guten Menschen zu benutzen wäre. So blieb Maria im Gasthaus und ist eine gute Köchin geworden. Sie hat die schönsten Gerichte hergestellt, und von weit und breit sind die Leute gekommen, um zu essen, was Maria bereitete. Sie verdiente viel Geld, hat aber schließlich einen eigenen Gasthof aufgemacht und jeden Tag alte oder arme Leute zu sich eingeladen, um ihnen ein gutes Essen zu geben. – – So, das ist das Märchen von der Britzel-Bratzelpfanne."

„Mutti, wenn wir doch auch so 'ne Britzel-Bratzelpfanne hätten!"

„Nun geht wieder hinunter in den Garten und spielt weiter. Versucht einmal, ob eure Puppenkochtöpfe nicht auch britzeln und bratzeln können und laßt jetzt die Mutti ihren Brief schreiben."

Die vier Kinder gingen davon und spielten im Garten. Da aber in ihren Töpfchen nichts britzelte und bratzelte, machte ihnen das Kochen gar bald keine Freude mehr.

„Muttis Pfanne ist eine Britzel-Bratzelpfanne. Es britzelt immer drauf."

Die silberne Pfanne! – Ob es nicht doch so eine Wunderpfanne war? Ob man sich einmal danebenstellte und den kleinen Vers sagte? Heute abend, wenn die Mutti wieder das Abendessen darauf bereitete, wollte Marlene versuchen, ob es nicht doch klappte.

So erwarteten die beiden Fipse sehnsüchtig den Abend. Goldköpfchen hatte in einem Topf Eier gequirlt, es sollte heute abend Rührei geben. Nun holte sie die silberne Pfanne hervor und zerließ darauf die Butter. Da kamen die beiden Fipse angesprungen.

„Mutti, – haste die Britzel-Bratzelpfanne?“

„Ja, Fips!“

„Was kochste denn darin?“

„Es gibt Rühreier.“

„Mutti, wollen wir mal die Pfanne fragen, ob sie uns Rühreier britzelbratzelt?“

„Nun“, sagte Goldköpfchen ahnungslos, „wir können die Pfanne ja einmal fragen.“

„Ja, Mutti“, rief Marlene aufgeregt.

Die beiden Kinder stellten sich neben den Spirituskocher, schlossen die Augen fest und sagten langsam:

„Britzel-Bratzelpfanne, ich bitte dich fein,
Es sollen heute eine Masse Rühreier sein!“

Goldköpfchen sah ihre Kleinen, die mit geschlossenen Augen neben ihr standen, da holte sie schnell den Topf, in dem sich die vorbereiteten Eier befanden, und schüttete alles auf die Pfanne. Als die Fipse die Augen wieder öffneten, brutzelten wirklich die Eier in der Pfanne.

„Mutti – –“ rief Marlene in glücklichem Schreck, „Mutti, es britzelt und bratzelt!“

„Wirklich“, lachte Goldköpfchen, „es sind Rühreier! Die werden uns aber schmecken!“

Marlene und Adele wandten kein Auge von der silbernen Pfanne, auf der die Rühreier bereitet wurden.

„Brauchst doch nicht erst zu rühren, Mutti“, sagte Marlene, „die Britzel-Bratzelpfanne hat es doch bei der Maria auch allein gemacht.“

„Das ist vielleicht doch keine richtige Wunderpfanne.“

„Doch, Mutti, das ist eine ganz richtige Britzel-Bratzelpfanne!“

Als das Abendbrot eingenommen wurde, behauptete Marlene, noch nie hätten die Eier so gut geschmeckt wie heute. Das käme nur daher, weil sie auf der Britzel-Bratzelpfanne gelegen hätten.

„Mutti, nu' brauchen wir nicht mehr in die „Post“ zu gehen, jetzt macht uns die Pfanne jeden Tag Eierkuchen oder Apfelmus oder Pflaumen. – Mutti, machst du morgen auf der Britzel-Bratzelpfanne Eierkuchen?“

„Wir werden doch lieber ins Gasthaus „Zur Post“ gehen, großer Fips.“

„Nee, Mutti, dort müssen wir immer bezahlen. Wenn wir aber die Britzel-Bratzelpfanne haben, werden wir bald so reich wie die Maria und können uns auch 'nen Gasthof kaufen.“

Nach dem Abendbrot, als Goldköpfchen mit den Kindern noch einen halbstündigen Spaziergang machte, wurde Mali mitgenommen. Flüsternd berichteten die Kleinen von der Pfanne und erzählten, daß die Mutti auch so eine Pfanne hätte, auf der man alles braten könne. Mali schüttelte den Kopf.

„Das war doch nur eine Geschichte, die uns deine Mutti erzählt hat.“

„Das war die Geschichte von unserer Britzel-Bratzelpfanne. Du, die kocht alles!“

Trotz dieser Versicherung wollte es Mali nicht glauben. Ehe man heimkam, wurde auch noch Resi von der Wunderpfanne unterrichtet, doch sie hatte die gleichen Zweifel wie Mali.

„Morgen, wenn ich geschlafen habe, hole ich die Pfanne, dann britzeln wir Eierkuchen.“

Heute dauerte es recht lange, bis die Kinder einschliefen. Die Mutter sollte ihnen noch einmal das Märchen von der Wunderpfanne erzählen. Als sie es nicht tat, wurden die verschiedensten Fragen gestellt.

„Mutti, macht die Britzel-Bratzelpfanne auch den Kakao für uns?“

„Nein, ihr Kleinen, den macht doch die gute Frau Scharr.“

„Mutti, – unsere Milch kommt doch vom Milchmann, wenn wir zu Hause sind. Aber die Milch von der Kuh schmeckt viel besser“, meinte Adele.

„Der Milchmann bekommt die Milch doch auch von der Kuh.“

„Oh, Mutti“, lachte Adele, „der Milchmann hat 'nen weißen Wagen, an dem dreht er, dann bullert die Milch raus. – Nee, Mutti, in dem Wagen ist keine Kuh!“

Goldköpfchen versuchte den Kindern zu erzählen, daß die Milch der Kühe in großen Kannen gesammelt und in die Stadt geschickt werde.

„Nee, Mutti, die Milch von der Kuh ist 'ne andere Milch als die Milch vom Milchmann. – Mutti, dreht die Milchfrau, die an der Kuh zieht, unten einen Hahn zu, wenn sie keine Milch mehr will? Sonst kommt doch die Milch immerfort raus? – Mutti, Adele möchte mal den kleinen Hahn an der Kuh sehen, aber sie fürchtet sich, ganz nahe an die große Kuh zu gehen.“

„Dort ist kein Hahn.“

„Wie dreht sie denn dann die Kuh zu?“

„Durch das Melken drückt die Landfrau die Milch aus der Kuh heraus.“

„Mutti, drück mich mal! Kommt dann auch Milch raus?“

„Nein, Kinder, und jetzt wird geschlafen.“

„Mutti, wenn mich die Marlene drückt, kommt dann Milch aus mir? Warum kommt aus der Kuh Milch?“

„Weil die Kuh so geschaffen ist. In der Kuh sammelt sich die Milch.“

„Mutti, sammelt sich im Menschen auch die Milch?“

„Kleiner Fips, nun schlafe!“

Dann flüsterten die Kinder noch ein Weilchen von der Wunderpfanne, die morgen eine Menge Eierkuchen für die beiden Fipse, für Mali und Resi hergeben sollte. – –

Am anderen Morgen galt die erste Frage der Kinder der Britzel-Bratzelpfanne. Marlene öffnete den kleinen Schrank. Die Pfanne war nicht da.

„Mutti, – jetzt hat uns einer die Pfanne fortgenommen!"

„Aber, Fips, was sind das für Reden! Du weiß doch, daß das Geschirr vom Abend immer hinunter in die Küche kommt und Frau Scharr so freundlich ist, alles sauber abzuwaschen. Die Pfanne wird nachher wieder hier sein."

„Mutti, ich möchte heute nicht mit zum Essen gehen. Wir wollen zu Hause essen und uns Eierkuchen machen, auf der Britzel-Bratzelpfanne."

„Nein, heute gibt es im Gasthaus „Zur Post" Nudeln mit Tomatentunke."

Marlene verzog den Mund. „Die mag ich nicht, ich will lieber Eierkuchen von der Wunderpfanne."

„Was du magst, danach fragt die Mutti nicht, großer Fips! Du hast bisher Nudeln und Tomatentunke immer gern gegessen, es wird dir auch heute wieder schmecken."

„Mutti, dürfen wir jetzt in den Garten gehen?"

„Sobald ihr gefrühstückt habt. Dann räumt die Mutti auf, und wir gehen wieder miteinander zu den kleinen Pferden."

Die Fipse beeilten sich mit dem Frühstücken, aber nicht, weil der Spaziergang lockte, sondern weil unten bei Frau Scharr die Wunderpfanne war. Marlene nahm sich vor, auf der Wunderpfanne Eierkuchen zu backen. Die wollte sie dann verspeisen, um der Mutti später zu melden, daß sie satt sei und nicht mit zur „Post" gehen wolle.

Goldköpfchen ahnte nichts von diesen Plänen. Sie ließ die Kinder, wie jeden Tag, hinunter in den Garten. Da man sie vom Fenster aus sehen konnte, brauchte sie keine Sorge zu haben.

Die beiden Fipse gingen zunächst zu Frau Scharr in die Küche. Sie war mit dem Abwaschen des Geschirrs beschäftigt. Die silberne Pfanne stand bereits blitzblank auf dem Herd.

„Gibst du uns die Pfanne?"

„Freilich, wenn deine Mutti sie braucht, kannst du sie hinauftragen."

Hastig griff Marlene nach der Pfanne. Sie fühlte sich glücklich, das kostbare Stück in Händen zu haben. So hatte sich sicherlich die kleine Maria auch gefreut, als ihr der Koch die Pfanne zurückgeben mußte. Sie ging aber nicht hinauf zur Mutti, sondern flüsterte der Schwester zu:

„Komm, jetzt britzeln und bratzeln wir Eierkuchen."

Die beiden Fipse liefen in den Garten. Schade, daß Mali und Resi auf dem Felde waren. Nun, sie würden ihnen je einen Eierkuchen aufheben.

„Wir bratzeln furchtbar viele Eierkuchen", sagte Marlene wichtig, „für die kleinen Pferdchen welche und auch welche für die Ziegen. Wir sagen der Pfanne, wir wollen Eierkuchen mit viel Salz für die Zicklein."

Im Garten angelangt, warf Marlene einen raschen Blick nach oben. Vielleicht wollte die Mutti nicht, daß man schon wieder aß. Es war wohl richtiger, sie ging hinten in die Laube. Dort konnte die Mutti von oben nicht durch die grünen Blätter sehen. Dort konnten sie ungestört die Eierkuchen aufessen.

„Adele will Eierkuchen", rief der kleine Fips, „mach doch Eierkuchen!"

In der Laube angekommen, wurde die Pfanne auf die Bank gestellt. Die beiden Fipse standen daneben, machten die Augen zu und sagten leise:

„Britzel-Bratzelpfanne, ich bitte dich fein,
Es sollen jetzt viele Eierkuchen sein.
Und welche mit Salz für die Zicklein!"

Alles auf der Pfanne blieb still. Die Kinder schauten mit geöffneten Augen darauf, und Marlene wiederholte den Vers noch einmal, aber lauter und langsamer. Trotzdem begann kein Britzeln und Bratzeln.

„Du – Biest – hörst du nicht?"

Zum dritten Male wurde der Vers gesprochen, aber auch jetzt blieb alles still.

„Der Koch hat die Pfanne fortgenommen, da wurde nichts rechtes. – Du, Adele, sag du mal allein das Gedicht. – Du – – du mußt doch die Augen zumachen. – So, nu' kannste reden!"

„Britzel-Bratzelpfanne, ich bitte dich fein,
Mach viele Eierkuchen."

Wieder kamen keine Eierkuchen. Auf der Pfanne fing es auch nicht an zu knistern und zu knastern. Der große Fips nahm das silberne Kochgeschirr und schlug damit kräftig auf die Bank.

„Du Biest, hörste nicht? Du sollst uns Eierkuchen bratzeln! Du olle dumme Pfanne!"

Vergeblich warteten die Kinder. Noch zweimal wurde das Verslein von Marlene gesprochen. Als aber auch jetzt nichts erfolgte, nahm sie die Pfanne und schlug damit kräftig auf den Boden.

„Du Biest", rief sie, während ihr Zornesröte ins Gesicht stieg, „du sollst britzeln!"

„Du Biest –", wiederholte Adele, „Adele will Eierkuchen!"

Aber es britzelte nichts.

Ganz laut schrie der große Fips die Pfanne an, alles was die Kleine an schlimmen Worten wußte, kam aus dem Munde des erregten Kindes. „Ein Ochse bist du, – ein Dussel. – Pfui, du Olle! Schäme dich, – du Biest!"

Mit der Pfanne in der Hand verließen beide Kinder die Laube. Vielleicht bratzelte die Pfanne draußen im Garten. Aber auch das war nicht der Fall.

„Ich schmeiß' dich weg", schrie Marlene. Dann blickte sie scheu hinauf zur Veranda. Es war wohl besser, die Mutti hörte ihre Scheltworte nicht. „Komm", sagte Marlene, „wir schmeißen das biestische Biest ganz hinten auf die Wiese. Wenn es doch keine Britzel-Bratzelpfanne ist, können sie die Kühe fressen!"

Es war den Kindern zwar verboten, durch den Gartenzaun, der nur aus Holzstangen bestand, hindurchzukriechen, doch die garstige Pfanne mußte weit fortgetragen werden. So liefen die beiden Fipse über die Wiese, um die Pfanne gegen einen Baum zu schlagen und dann hinzuwerfen.

Goldköpfchen, die zufällig zum Fenster hinausblickte, bemerkte, daß ihre beiden Kinder auf die Wiese liefen und wollte sie zurückrufen. Da blieben die Kleinen schon stehen, und Goldköpfchen sah, wie Marlene den Arm hob und laut, daß es weithin schallte, rief:

„Du olles Biest! – – Ätsch – ich will dich nicht mehr! – Du Biest – du Biest!"

Das war Marlene! Wenn die Kleine in Zorn geriet, schrie sie stets so laut, daß sie flammend rot im Gesicht wurde. – Womit schlug denn der große Fips gegen den Baum? – Was hielt Marlene in der Hand?

„Fips! – Fips! – –"

Doch das ergrimmte Mädchen hörte das Rufen der Mutter nicht, ihr Schreien wurde noch lauter und heftiger.

Da eilte Goldköpfchen nach unten. Im Laufschritt durchquerte sie den Garten und ging nach der Wiese.

„Die Mutti kommt!" rief der kleine Fips.

Marlene schleuderte die Pfanne von sich. Es kam ihr sofort zum Bewußtsein, daß sie wieder einmal recht unartig gewesen war. Einmal sollte sie nicht aus dem Garten laufen, dann aber sollte sie keine häßlichen Worte sagen, und die schöne silberne Pfanne durfte auch nicht verbeult werden.

„Was machst du da?"

„Mutti, – sie britzelt doch nicht. – Mutti, sie ist doch keine Wunderpfanne, sie ist doch nur eine olle – olle –" Marlene verstummte.

„Bring mir die Pfanne her."

Marlene holte schuldbewußt das verlangte Stück. Aber wie sah die Pfanne aus! Vollkommen verbeult, der Rand verbogen.

„Kommt mit", sagte Goldköpfchen kurz und streng.

Schon an dem Tone merkten die Kinder, daß die Mutti sehr böse war. Nun würde es oben wieder ein Strafgericht setzen.

„Muttilein – süßes, – wir wollten – –"

„Du schweigst, Marlene!"

„Muttilein –" begann nun auch Adele.

„Von euch hat jetzt keiner zu reden."

„Muttilein, – wir wollten doch Eierkuchen für die Zicklein haben!"

Goldköpfchen gab keine Antwort. Sie hielt an jeder Hand einen Fips fest; schweigend erreichten alle drei das Zimmer.

Bald darauf hörte Frau Scharr unten lautes Weinen der Kinder. Goldköpfchen hatte den Fipsen die verdiente Strafe nicht geschenkt. Man ging am heutigen Vormittag nicht zu den Pferden. Die Kleinen mußten unter Aufsicht der Mutter im Garten spielen.

Der Hansl von der Tauernalm

Aufgeregt waren die beiden Fipse aus den Betten gesprungen; man hatte ihnen gestern gesagt, daß man heute, wenn die Sonne hell vom Himmel lache, zu einer Alm wandern werde, also dorthin, wo eine Menge Kühe wären, die im Freien gemolken würden. Auf einer Alm könne man Milch trinken, die direkt aus der Kuh gemolken werde, dort machten die Leute den Käse. Kurzum, man werde viel Neues sehen.

Nun schien die Sonne schon am frühen Morgen ins Fenster. Als die beiden Fipse erwachten, war die erste Frage, ob man heute wirklich nach der Alm gehe.

„Ja, wir werden sogar ein großes Stück Weges mit einem Wagen fahren können, da es sonst für euch zu weit wäre."

„Mutti, ziehe uns rasch an!" rief Adele.

„Erst werden die Atemübungen vorgenommen, kleiner Fips. Du weißt, der Vati hat es verordnet. – Also, hingestellt – –“

„Mutti, ich brauche nicht mehr Atem zu üben, ich kann schon ganz tief atmen!“

„Das glaube ich dir gern, kleiner Fips, trotzdem werden die Übungen gemacht.“

„Dann fährt der Wagen nach der Alm fort – –“

„Nein, wir haben noch viel Zeit. Wir können in Ruhe frühstücken, dann erst geht es los.“

„Mutti, wir wollen lieber auf der Alm frühstücken! Wir wollen die Milch, die von der Kuh kommt, und nicht immer den ollen Kakao!“

„Wenn du unartig bist, Marlene, fahren wir überhaupt nicht zur Alm. Ich kann heute nur ganz artige Kinder brauchen!“

„Stoßen nach unartigen Kindern die Kühe?“

„Nein, die Kühe, die auf der Alm leben, sind gutmütig. Ihr braucht euch vor ihnen nicht zu fürchten.“

„Sind die Kühe ganz allein dort oder sind Leute da, die auf die Kühe aufpassen?“

„Ihr seht doch jeden Tag, daß bei den Kühen ein Hirte ist. Außerdem sind in der Almhütte immer mehrere Männer, die gut achtgeben.“

„Mutti – dann zieh mir doch das schöne weiße Kleidchen an“, sagte Adele, „Adele will lieblich sein, wenn sie zur Alm geht.“

„O nein, ihr bekommt eure Alltagskleider angezogen.“

Adele verzog das Gesicht. „Adele ist hübscher im weißen Kleidchen. – Mutti, ich möchte eine blaue Schleife in die blonden Locken.“

„Du bekommst das, was dir die Mutti gibt. Wenn du nicht zufrieden bist, bleibst du daheim.“

„Wenn doch so viele Männer bei den Kühen auf der Alm sind, und wenn ich lieblich bin, schenken sie mir Milch, dann sagen sie wieder, ich bin wie ein Englein."

„Dann werde ich den Männern sagen, daß du kein Englein, sondern ein eingebildetes und eitles kleines Mädchen bist. Eben ein dummer Fips!"

„Ach, Mutti, das glauben sie nicht! Ich bin kein häßlicher Fips, – ich bin die Lieblichkeit, und alle haben mich gern."

Noch einmal wollte Adele versuchen, der Mutter beim Anziehen das weiße Sonntagskleid unterzuschieben. Aber es wurden blaue Leinenkittel angezogen, und als der kleine Fips ein Gesicht schnitt, drohte Goldköpfchen mit dem Finger.

„Mutti, ich denke nur, die Kühe freuen sich, wenn ich das weiße Kleid anhabe."

Dann kam das Frühstück. Frau Scharr wurde von den Kindern sofort mit der Frage bestürmt, ob der Wagen, der zur Alm hinauf fahre, noch nicht weg sei.

„Bis nach der Alm fahrt ihr mit diesem Wagen nicht", sagte Frau Scharr, „aber ich glaube, die beiden kleinen Mädchen können vom Tauernhaus aus weiter auf dem Karrenweg hinauffahren."

„Was ist das für ein Weg?" fragte Marlene.

„Ein schmaler Weg, der aber immerhin so breit ist, daß ein kleiner Wagen, der mit einem Pferd bespannt ist, darauf fahren kann. Der Karren hat nur zwei Räder, er ist mehr ein fahrender Kasten. Man wird euch gewiß hineinnehmen. Der Weg geht im Zickzack hin und her bis hinauf zur Alm."

„Warum führt er im Zickzack?"

„Es geht steil hinauf zur Alm, da legt man die Wege im Zickzack an, dann sind sie nicht mehr so steil, und das Pferd hat es leichter."

„Oh, es wäre schöner, wenn das Pferd ganz steil raufkletterte."

„Das kann das Pferd nicht, da würde es krank werden."

„Oh“, sagte Marlene bedauernd, „dann soll es schon lieber im Zickzack fahren. Krank soll das liebe Pferd nicht werden. – Ist der Wagen schon da? Müssen wir nu' fort?“

Goldköpfchen hatte heute Mühe, die Kinder zu bewegen, das Frühstück zu essen. Beide wollten die Brötchen einstecken, sie erst im Karren essen, der immerfort im Zickzack hin und her fahre.

„Wer sein Frühstück nicht aufißt, kommt nicht mit“, sagte die Mutter.

Marlene griff nach der Hand der Mutti und legte sie auf den Leib. „Mutti, fühle mal, wie dick mein Bauch schon ist. Und da soll noch so 'n großes Brötchen rein? – Wenn er platzt, kann ich nicht mit in den Karren. – Mutti, iß du doch das Brötchen auf, du bist noch so dünn!“

Aber Goldköpfchen war unerbittlich. So stopfte Marlene das Brötchen mit größter Hast in den Mund, so daß sie kaum Luft bekam. Endlich war das Frühstück vorüber, die Kinder liefen unruhig hin und her, traten ans Fenster und warteten auf den Wagen.

Es dauerte noch eine halbe Stunde, bis der Wagen kam. Ein einfacher Bretterwagen, mit zwei kräftigen Pferden bespannt. Auf die Querbank waren einige Decken gelegt worden, da die Pinzgauer Bauern wußten, daß eine Fahrt im Bretterwagen für die Stadtleute nicht gerade angenehm ist. Die waren es nicht gewöhnt, hart zu sitzen, die hatten daheim auch nicht solche steinige Straßen wie jene, die man heute fahren würde. Trotzdem machte die Fahrt auf dem einfachen Wagen nicht nur Goldköpfchen, sondern auch den beiden Fipsen viel Freude. Der Fuhrmann wies bald nach rechts, bald nach links, nannte die Namen der verschiedenen Berge und ließ sich von den Kindern ausfragen.

Der Weg führte in ein Nebental hinein, durch das ein rasch fließendes Wasser lief. Dieses Wasser gluckste und brodelte, daß die Kinder laut jauchzten. Weite Wiesenflächen dehnten sich rechts und links von dem Wege aus, liefen an den Berglehnen, die das Tal begrenzten, hinan, um dann von dichtem Hochwald abgeschlossen zu werden. Duftendes Heu lag auf den grünen Flächen. Mitunter wurden die Wiesen von kleinen Äckern unterbrochen, auf denen Getreide stand oder Kartoffeln. Der Weg wand sich endlos durch das Tal, immer leicht bergan. Man mochte zwei knappe Stunden gefahren sein, da erblickte man ein Haus, auf dessen Dach große Steine lagen.

„Mutti, welche unartigen Menschen haben denn die Steine raufgeschmissen?“

„Das muß wohl so sein“, sagte Goldköpfchen. „Wenn der Sturm kommt, würde er die Häuser abdecken. Um das zu verhüten, legen die Bergbewohner diese großen Steine hinauf. Dann ist das Dach so beschwert, daß es vom Winde nicht fortgetragen werden kann.“

Im Tauernhause angekommen, wurde Rast gemacht. Die Kinder bekamen Milch, wollten aber neugierig durch das Haus laufen. Da hielt Goldköpfchen sie zurück.

„Ich höre, es geht gleich weiter, also hiergeblieben.“

„Mutti, kommt nu' der Karren mit dem Zickzackweg?“

„Dort drüben steht er schon“, sagte die freundliche Tauernwirtin, „es wird eben aufgeladen.“

„Mutti, komm schnell, wir wollen den Karren sehen!“

Es war wirklich nur ein viereckiger Kasten auf zwei starken Rädern, vor den ein kräftiges braunes Pferd gespannt war.

„Es kennt den Weg genau“, sagte die Frau vom Tauernhause, „es muß jede Woche zweimal hinauf zur Alm gehen, alles hinaufbringen und Butter und Käse herunterholen.“

„Mutti, wie kommen wir denn in den Kasten rein?“

„Man wird euch schon hineinsetzen“, lachte die freundliche Frau.

„Mutti, komm doch mit rein!“

„O nein, Mutti geht zu Fuß, sie freut sich auf die schöne Wanderung.“

„Mutti, dann gehe ich auch“, sagte Marlene, „wenn das Pferd wild wird und fortläuft, findest du uns nicht mehr.“

„Ein Stück könntest du laufen, großer Fips, aber der kleine Fips wird nicht allein im Wagen bleiben."

„Ich nehme das kleine Engelchen gerne mit in den Karren", sagte der Mann, der den Karren begleitete.

Adele lächelte. „Komm, Mann, wir kriechen in den Kasten!"

Der Mann hob Adele in den Karren und setzte das kleine Mädchen auf einen Sack. Adele nahm zierlich ihr blaues Kleidchen zusammen und rief: „Bitte, hier ist Platz."

„Dorthin kommt später das Schwesterchen."

„Ach nein – du!"

„Ich muß laufen. Das Pferd hat genug zu ziehen, denn der Weg ist steil."

Ein Schnalzen mit der Zunge, der Karren setzte sich langsam in Bewegung.

„Mutti, komm mit rein", rief Adele ein wenig ängstlich.

„Wir gehen langsam hinter dem Wagen her, kleiner Fips."

Die Kleine blickte ängstlich nach rückwärts. Der freundliche Bauer hielt Adele am Gürtel fest, denn der Karren schaukelte mitunter bedenklich. Als dann der Weg steil und recht steinig wurde, schwankte Adele auf ihrem Sack hin und her. Da begann sie laut zu schreien.

„Mutti, ich purzle runter! Mutti, nimm mich raus!"

„Aber Kleine, du fällst nicht, ich halte dich ganz fest."

Aber Adele schrie laut. Der gutmütige Wagenlenker hielt den Karren an. „Wir werden dich tiefer in den Karren setzen, dann kannst du nicht fallen."

Goldköpfchen mußte helfen, denn Adele schrie immer wieder, sie wolle heraus.

„Ich will nicht in den Schaukelwagen."

„Gut, dann läufst du. Aber wenn du über Müdigkeit klagst, kann ich dir nicht helfen."

Adele wurde herausgehoben, das Fahrzeug setzte sich wieder in Bewegung.

„Mutti, das ist doch kein richtiger Zickzackweg", sagte Marlene, „ich wollte doch einen Weg immerfort hin und her."

„Schau nur dort hinauf", sagte der Fuhrmann, „dort siehst du doch, wie der Weg hin- und herläuft. Dort werden wir nachher hinkommen."

Es war eine wunderschöne Wanderung. Man kam immer höher hinauf, die beiden Fipse liefen tapfer mit. Sie waren es ja gewöhnt, den ganzen Tag umherzutollen. Der ansteigende Weg machte den Kindern keine Beschwerden.

Dann wurde Rast gemacht.

„Das Pferd muß ein wenig verschnaufen", sagte der Mann. „Wenn es immerfort schwer zu ziehen hat, wird es heiß und müde."

„Mutti, kannste nicht den Sack ein Stück tragen, der im Karren liegt, damit das arme Pferd nicht so schwer zu ziehen hat?"

Goldköpfchen mußte lachen, und auch der Fuhrmann schmunzelte.

„Das Pferd schafft es schon allein", sagte er, „man darf es nur nicht zur Eile antreiben und muß es hin und wieder ruhen lassen. Wenn Sie", wandte er sich an Goldköpfchen, „schneller gehen wollen, können Sie den Weg zur Alm nicht verfehlen, er führt dort hinauf, dann in den Hintergrund, gerade hin zur Alm. Wir fahren langsamer, als die Fußgänger gehen."

„Nein, Mutti, wir wollen beim Pferdli bleiben", riefen die beiden Fipse, „wir wollen das Pferdli sehen. – Mutti, können wir nicht ein bißchen stoßen?"

Goldköpfchen und der Fuhrmann wehrten ab. „Ihr werdet schnell genug müde sein", lachte er, „und werdet gerne in den Karren einsteigen wollen."

Die Sonne brannte heiß vom Himmel, und als man zum zweiten Male eine Rast machte, fing der kleine Fips an zu jammern.

„Mutti, – ich will in das Haus von der Frau Scharr. – Mutti, sind wir nicht bald da?"

„Noch eine halbe Stunde müßt ihr laufen. Jetzt kommt der letzte steile Anstieg."

„Oh, das arme Pferd", sagte Marlene. „Mutti, wenn wir uns in den Karren setzen, würde das Pferd vielleicht lieber ziehen."

„Aha, jetzt sind die Fipse müde! Wir können hier ein Weilchen rasten, bis die Beine wieder in Ordnung sind."

„Wir wollen nicht rasten, wir wollen zu den vielen Kühen."

„Ich setze euch jetzt beide in den Karren", sagte der Fuhrmann, „ihr werdet euch über die Schaukelfahrt freuen."

Marlene war einverstanden, Adele wollte nicht. So blieb nichts anderes übrig, als eine längere Ruhepause einzulegen. Goldköpfchen lagerte mit den beiden Kindern im Grase, der Karren fuhr langsam weiter.

Nach einer einstündigen Pause wurde der Weg fortgesetzt. Es ging jetzt steil bergan, aber die Fipse waren wieder frischer. So wurde das letzte Wegstück vergnügt zurückgelegt.

Die Alm war erreicht. Auf einer weiten Wiese waren unzählige Kühe zu sehen, die eifrig fraßen. Die langen Schwänze pendelten beständig hin und her, denn die Fliegen peinigten die Tiere. Hin und wieder wurde lautes Brüllen hörbar. Mitten auf der Alm stand ein altes Haus aus dunklem Holz. Die Tür war weit geöffnet, dicker Qualm quoll hervor. Neben der Tür stand eine schlichte Bank. Mehrere kleine Fenster waren in den Hauswänden zu sehen. Die Scheiben waren aber so blind, daß man kaum hindurchsehen konnte.

„Das ist die Sennhütte", erklärte Goldköpfchen, „hier wohnen den Sommer über die Sennen, hier essen und schlafen sie. Sie müssen Tag und

Nacht auf die Kühe aufpassen. Sie können nicht hinunter ins Tal, weil der Weg zu weit ist."

In diesem Augenblick trat ein Mann aus der Hütte, er war mit einem grauen Hemd und kurzen Hosen bekleidet.

„Mutti, da kommt wer!" rief Marlene ängstlich.

„Es ist der Bewohner der Sennhütte, – der Senne."

„Bei uns ist es eine Almhütte, und wir sind die Almer. Die Frau ist wohl nicht aus der Gegend?"

Goldköpfchen lachte. „Da habe ich meinen Kindern etwas Falsches gesagt. In der Schweiz spricht man immer von Sennhütten."

„Wir sind aber hier im Salzburger Land."

Die Kinder bestaunten die vielen Kühe, blieben aber dicht bei der Mutti, denn sie fürchteten sich vor den vielen großen Tieren, von denen manches neugierig herüberschaute.

„Ist das hier die Alm?"

„Ja, Fips, das ist die Alm."

„Mutti, hier ist ja nichts!"

„Auf einer Alm ist auch nichts weiter als die Almhütte und viele Kühe. Drüben die langen Holzhäuser sind die Viehställe, und dort ist ein Brunnen, mit einem Trog, aus dem die Kühe trinken. Das wollen wir uns einmal ansehen."

„Mutti, ich habe Angst!"

Auch Goldköpfchen wagte nicht recht, durch die vielen Kühe hindurchzugehen. Der Almer merkte das und lachte.

„Sie brauchen keine Angst zu haben, ein Stier ist nicht dabei, die Kühe tun Ihnen nichts."

Trotzdem wich Goldköpfchen immer wieder zurück, wenn eine Kuh langsam auf sie zukam, und die Fipse schrien oftmals laut auf und versteckten sich hinter der Mutter Rock. Aber schließlich wurde der Trog erreicht. Ununterbrochen lief aus einem kleinen Rohr das Wasser in den Behälter.

„Schaut nur, hier haben die Kühe immer frisches Wasser, das brauchen sie."

„Ja, vorne trinken sie Wasser, dann fressen sie 'ne Weile, und dann wird aus dem Wasser Milch. – Mutti, ist das komisch!"

„Mutti, Mutti, komm doch", rief der kleine Fips und zog Goldköpfchen am Rock. Die Kleine hatte bemerkt, daß sich mehrere Tiere der Tränke näherten.

„Mutti, horch mal!"

Durch das Plätschern des Wassers hindurch war eine helle Stimme zu vernehmen, die ein Lied sang.

„Mutti, dort liegt was", sagte Marlene und wies auf eine erhöhte Stelle. Dort lag langausgestreckt ein etwa dreizehnjähriger Knabe. Er war mit einem Hemd und einer kurzen Hose bekleidet und hatte bloße Füße. Seine Arme waren hinter dem Kopf verschränkt. Der Knabe schaute hinauf zum Himmel und sang. Er schien sich um die Näherkommenden nicht zu kümmern.

„Mutti, was singt er?"

„Das verstehe ich auch nicht."

Die drei gingen näher und standen bald bei dem Knaben, der nicht einmal den Kopf nach den Ankommenden wandte, vielmehr ein neues Lied zu singen begann. Aufmerksam lauschte Goldköpfchen, leider verstand sie kein Wort. Der Hans, der Hütejunge, ließ mit heller Stimme den Vers erklingen:

„Ob'n auf da Alma,
Da z'geht da Schnee nia,
Da geit's schöni Kalma
Und schwarzbrauni Küah."

„Mutti, – was sagt er?“

„Das verstehen wir nicht. So sprechen die Leute hier im Land. Wir wollen ihn einmal fragen, sicherlich kann er auch anders reden.“ Goldköpfchen beugte sich zu dem Knaben nieder. „Du, kleiner Bursche, wer bist du?“

„Der Hansl!“

„Und was machst du hier?“

„Hüt' die Küh'.“

„Was singst du für ein nettes Lied?“

„Nu – ein Lied.“ Noch immer hatte der Knabe den Kopf nach den Fremden nicht umgewandt. Es war dem Hansl von der Tauernalm nichts Neues, daß Fremde heraufkamen und Fragen stellten. Er blinzelte nach wie vor hinauf zum Himmel und kümmerte sich um nichts anderes.

„Fürchtest du dich auch vor den Kühen?“ fragte Marlene.

Der Hansl schüttelte den Kopf.

„Beißen sie dich nicht?“

Wieder dasselbe Kopfschütteln.

„Warum liegst du hier?“

„Weil's hier schön ist.“

„Wo wohnst du denn?“

Der Knabe nahm den Arm unter dem Kopf weg und wies nach der Almhütte.

„Wohnen deine Eltern auch dort?“

Abermals ein Kopfschütteln.

„Mutti“, sagte Marlene, „der Junge sagt ja nichts. – Was macht er hier?“

„Er gibt auf die Kühe acht. Er muß wahrscheinlich den ganzen Sommer über hier oben sein oder wenigstens so lange, wie er Ferien hat. – Gehst du noch zur Schule, Hansl?“ fragte Goldköpfchen.

„Ja!“

„Aber jetzt hilfst du hier oben beim Hüten der Kühe. Macht es dir Freude?“

„Ja.“

„Es ist gewiß schön, in der Sonne zu liegen.“

Der Knabe nickte. Dann sprang er auf, so plötzlich, daß die beiden Kinder erschrocken zurückwichen. Mit den nackten Beinen lief er über die Wiese, sprang über die hervorstehenden Felsblöcke und eilte hin zu einer Kuh, die sich ziemlich weit entfernt hatte. Der Hansl packte die Kuh am Horn und drehte sie nach rückwärts. Dann versetzte er ihr einen Schlag, worauf sie sich mit raschen Sprüngen wieder der Herde näherte.

Die beiden Fipse hatten staunend den Vorgang beobachtet. Daß sich der Knabe vor den Kühen mit den großen Hörnern nicht fürchtete, ihnen sogar einen Schlag versetzte, erschien ihnen wie eine Heldentat. Der Hansl kam nicht zurück, er ging zu einer Kuh, die auf der Wiese lag, streichelte liebevoll den Kopf des Tieres und schien mit ihr zu sprechen. Dann klopfte er ihr den Hals und kehrte schließlich zu seinem alten Platz zurück.

„Sie ist krank“, sagte er erklärend.

„Was hat sie?“ fragte Adele.

„Sie ist eben krank.“

„Du – sie wird es am Blinddarm haben“, sagte Marlene. „Viele Leute haben es am Blinddarm. Vielleicht hat sie auch was am Herzen, oder sie ist lungenkrank. – Wenn sie Scharlach kriegt, müssen alle anderen Kühe von ihr weg, sonst werden sie auch krank.“

Der Hansl warf sich nieder ins Gras. Was ihm das kleine Mädel soeben erzählte, erschien ihm recht unsinnig. Jetzt betrachtete er die kleine Adele genauer. Das blondlockige Kind schien ihm zu gefallen.

„Wer bist du?“ fragte er, indem er einen Grashalm abriß und daran kaute.

„Ich bin der kleine Fips und – die Lieblichkeit.“

Mit diesen Worten wußte der Hansl natürlich nichts anzufangen.

„Wer bist du?“ fragte er Marlene.

„Ich bin der große Fips.“

„Der große Fips?“

„Ja, – ich bin der große Fips, und das ist der kleine Fips.“

Solch einen Namen hatte der Hansl noch nie gehört.

„Was machst du hier, Hansl?“

„Ich bin hier oben und gebe auf die Kühe acht.“

„Haben die Kühe Namen?“

„Ja! – Das dort ist die Lisl, das dort die Nandl, dort die Gelbe – –“

„Der alte Sitzer ganz unten in der Stadt hat zwei kleine grüne Vöglein, die können sprechen. – Sprichst du auch mit den Kühen?“

„Ja –“

„Oh“, sagte Adele staunend, „da laß doch mal eine Kuh sprechen.“

Da erhob sich der Knabe, ging auf die gelbe Kuh zu, die ihm am nächsten stand, packte sie am Genick und zog sie hin und her. Da begann die Kuh zu brummen.

„Das mag sie gern“, sagte der Hansl.

„Ich weiß“, sagte Marlene, „du hast sie am Gemsbart gezogen. Ist das bei der Kuh der Kuhbart?“

Der Hansl verstand nicht recht. Mit ausgestrecktem Arm wies er hin nach einem der hohen Berge. „Dort drüben sind Gemsen, ich habe sie schon gesehen.“

Neues Fragen begann. Da wurde der Hansl langsam zutraulicher, und bald waren die Kinder in regem Gespräch.

Goldköpfchen beteiligte sich wenig. Die Fragen und die Antworten der Kinder machten ihr viel Spaß. Aber als mehrere Kühe ganz dicht an den Hansl herankamen, stoben die beiden Fipse schreiend davon.

Der Hansl lachte laut. „Die tun doch nichts!"

„Sie wollen uns beißen."

„Hahaha, die suchen nach gutem Gras, – paß mal auf." Der Hansl suchte seinen Hut, der irgendwo lag, rupfte dann einige Kräuter aus, packte sie zusammen und schob sie unter das Band seines Hutes. Dann setzte er den alten Filzhut auf den Kopf, schnalzte mit der Zunge und warf sich wieder auf den Erdboden.

Die gelbe Kuh kam langsam näher. „Komm nur", lockte der Hansl und zog den Hut tiefer ins Gesicht.

Marlene und Adele waren zur Mutter gelaufen und klammerten sich fest an sie. Sie jauchzten aber laut auf, als sich die Kuh neben den Hansl stellte und die Kräuter vom Hut fraß. Marlene riß sogleich ihren Hut vom Kopf und schleuderte ihn dem Hansl zu.

„Mach auch ein Büschel Gras drauf!"

Goldköpfchen mußte eingreifen, um den Hut zu retten. Adele schaute verlangend auf den Hut der Mutti, auf dem ein Sträußchen frischer Blumen steckte, das Goldköpfchen gepflückt hatte.

„Hansl, ruf die Gelbe, die soll fressen!"

Der Hansl zwinkerte mit den Augen und lachte verschmitzt. Die Angst der Stadtleute vor den Kühen machte ihm viel Spaß. Was würde die Frau wohl sagen, wenn ihr die Kuh die Blumen vom Hute fraß? Doch das ging im Augenblick noch nicht, da Goldköpfchen sofort zurückwich, wenn eine Kuh in ihre Nähe kam.

Inzwischen hatte sich einer der Almer den Fremden genähert.

„Wie ist es mit einem Glase Milch für die Kinder?"

„Oh, Milch", rief Adele, „Milch von der gelben Kuh!"

„Ganz frische Milch", sagte der Almer, „und vielleicht auch etwas Käse?"

„Dürfen wir einmal in die Almhütte hineinsehen?" fragte Goldköpfchen.

„Es wird der Frau da drinnen nicht recht gefallen, der Käs' wird gerade gekocht."

„Was kochst du?" fragte Adele näherkommend.

„Käse – –"

„Oh, du Schwindler", lachte Marlene, „Käse kocht man doch nicht!"

„Na, dann paß mal gut auf. – Du, willst a Watschen?" Die letzten Worte waren zu einer Kuh gesprochen, die den Almer kräftig in den Rücken stieß. Wieder wichen Goldköpfchen und die Kinder zurück, aber auch die Kuh wandte sich um und ging weiter.

„Oh –" sagte Marlene staunend, „eine Watschen will sie nicht, da geht sie fort." Und dann rief sie übermütig der nächsten Kuh zu: „Willst du a Watschen!"

Die Kuh kam auf das Rufen hin näher. Da flüchteten mit leisem Aufschrei Goldköpfchen und die beiden Fipse. Der Hansl lachte aus vollem Halse und lockte nun ganz verstohlen mehrere Kühe heran. Da hielt es Goldköpfchen für richtig, recht rasch den Weg zur Almhütte einzuschlagen.

„Willst a Watschen", rief nun auch Adele, als sie sich in Sicherheit wußte, den Kühen zu, denn jetzt hatte sie wieder Mut. Sie stand ja neben der Mutti an der Tür der Hütte.

Im Innern des Raumes dampfte es noch immer. Der Dampf kam aus einem großen Kupferkessel, vor dem ein anderer Mann stand und rührte.

„Hier wird der Käse gekocht", sagte der Almer.

„Der dicke Brei?" fragte Goldköpfchen staunend. Sie hatte noch nie gesehen, wie Käse bereitet wird.

„Kommen Sie hier ins Zimmer herein und trinken Sie mit den Kindern Milch."

Anschließend an die Küche war ein großer, sehr kahler Raum, mit einfachen Holzbänken an den Wänden und einem Holztisch.

„Hier wohnen wir."

„Wo wohnt der Hansl?" fragte Marlene.

„Er schläft oben im Heu."

„Hat er kein Bett?"

„Das braucht er nicht."

„Hat er auch keinen Waschtisch?"

„Da draußen waschen wir uns, dort, wo die Kühe trinken."

Jetzt war auch der Hansl ins Zimmer gekommen.

„Wäscht du dich mit Seife?" fragte Marlene.

„Nee, mit Wasser!"

„Ach, hast du es aber gut. Die Seife beißt so in die Augen. Kämmst du dich auch?"

„Das brauch' ich nicht, ich steck' den ganzen Kopf ins Wasser."

„Mutti, er steckt den Kopf ins Wasser und kämmt sich nicht", staunte Marlene.

„Er hat ja ganz kurzes Haar."

„Mutti, da möchte ich auch ganz kurzes Haar haben und meinen Kopf nur ins Wasser stecken, ohne die olle Seife."

„Adele will ihre Löckchen behalten", rief der kleine Fips dazwischen.

„Zeig doch mal, wo du schläfst?"

Der Hansl machte eine Lattentür auf, die seitwärts an der Hütte angebracht war. In dem kleinen Raum lag hoch aufgeschichtet Heu.

„Hier schlafe ich."

„Haste denn keinen Schrank und keine Kommode?"

„Hahaha, das dumme Zeug brauche ich nicht!"

„Wo haste denn dein Sonntagskleid und deine Schuhe?"

„So was brauch' ich hier oben nicht!"

„Haste denn kein anderes Kleid und keine anderen Schuhe?"

„Nee, hier oben nicht!"

„Gehst du immer mit nackten Füßen? Auch wenn's regnet?"

„Nu ja", lachte der Hansl.

„Ich kann nicht mit nackten Füßen gehen, die Steine pieken."

„Das merke ich nicht."

„Biste nicht sehr traurig, weil du kein Sonntagskleid und keine Schuhe hast – und keinen Schrank und keine Kommode? – Hast du auch kein Spielzeug?"

„Nein, ich habe meine Kühe."

Die beiden Mädchen beschlossen, der Mutti alles das zu erzählen. Es schien den Kindern unfaßlich, daß der Knabe so froh und lustig sein konnte, obwohl er gar nichts besaß. Die Mutti hatte oft davon gesprochen, daß es viele Menschen gäbe, die mit wenig zufrieden wären. Die beiden Fipse sollten sich ein Beispiel an solchen Menschen nehmen.

„Willst du keinen Schrank, keine Kommode und kein Spielzeug?"

Da trat ein sehnsüchtiges Leuchten in die Augen des Hansl. „Ich möcht' schon was", erwiderte er.

„Was möchtest du denn, Hansl?" fragte Marlene, in der sofort der Wunsch erwachte, dem Knaben, der gar nichts besaß, eine Freude zu machen.

„Ich möcht' – 'ne Mundharmonika."

Marlene lachte auf. Eine Mundharmonika kannte sie genau, sie hatte daheim auch eine. Leider war sie kaputt. „Die Mutti kauft dir eine Mundharmonika!"

Der Hansl glaubte nicht, daß ihm dieses große Glück beschieden sein könnte. Eine Mundharmonika, nur eine ganz kleine, wünschte er sich schon lange. Aber noch nie war ihm dieser Wunsch erfüllt worden. Und doch hätte er so gern, wenn er auf der Alm weilte, schöne Melodien geblasen.

„Willst du auch ein Schaukelpferd?"

„Nein, ich wünsche mir nur eine Mundharmonika."

„Ach, die schenkt dir meine Mutti. – Komm rasch, wir wollen es ihr sagen."

Die Kinder liefen um das Haus herum, hin zum Eingang. Draußen auf der Bank lag der Mutter Hut mit dem Blumensträußchen. Da blitzte es schon wieder gar lustig in den Augen des Hansl auf. Er sah sich um. Die Kühe waren nicht in der Nähe, aber er konnte ja eine heranlocken. Es hatte den Kindern vorhin viel Freude bereitet, als die Kuh von seinem Hute die Kräuter fraß. Nun wollte er den freundlichen Mädchen diesen Spaß noch einmal bereiten. Er schnalzte laut mit der Zunge. Mehrere Kühe hoben lauschend die Köpfe und kamen langsam näher. Marlene und Adele schrien leise auf und eilten in den verräucherten Raum der Almhütte. Voller Neugier blickten sie durch die Tür hinaus zu den Kühen. Da sahen sie, wie sich der Hansl den weißen leichten Stoffhut der Mutter auf den Kopf setzte und vor den Kühen hin und her ging. Plötzlich warf sich der Hansl auf die Knie ins Gras.

„Oh – – oh – – oh – –", Adele klatschte in die Hände. Die weiß-braune Kuh hatte das Blumensträußchen auf dem Hute erspäht, streckte den Kopf weit vor und machte Miene, die Blumen abzufressen.

„Mutti – Mutti – Mutti –" jauchzte Marlene in hellstem Entzücken. „Willst a Watschen?"

Schon hatte die Kuh das Blumensträußchen vom Hut gerissen und verspeiste es mit Behagen.

Es schien ihr prächtig zu schmecken.

Die beiden Fipse bogen sich vor Lachen. Nun zerrte das Tier auch der Mutter Hut vom Kopfe des Hansl, warf ihn zu Boden und betrachtete ihn genauer. Schließlich setzte es den einen Vorderhuf auf den Hutrand, und noch immer lachten die Kleinen.

„Mutti – Mutti!"

Goldköpfchen, die im hinteren Raume der Hütte saß und mit einem der Almer sprach, hörte das Jauchzen ihrer Kinder und trat heraus. Erst wußte sie nicht, was das helle Lachen der Kleinen für eine Bedeutung hatte. Sie sah auch den Hut nicht, über den sich jetzt die Kuh neugierig beugte.

„Mutti, die Gelbe freßt deinen Hut!" lachte Adele.

„Meinen Hut?"

Der Hansel lag im Grase und lachte. Am liebsten wäre Goldköpfchen zu der Kuh gelaufen, doch wagte sie nicht, ihr den Hut fortzunehmen.

„Hansl, lauf und hole meinen Hut!"

Lachend erhob sich der Knabe, nahm die Kuh an den Hörnern, stieß sie zur Seite, hob Goldköpfchens Hut auf und brachte ihn herbei. Wie sah der aus! Die schmutzigen Füße der Kuh waren auf dem weißen Rande zu sehen, der Kopf war eingebeult.

„Wer hat der Kuh meinen Hut gegeben?" fragte sie streng.

„Der Hansl, – der Hansl", riefen die Fipse. „Er ist vor der Kuh herumgehopst, da ist sie ihm nachgelaufen. – Ach, Mutti, haben wir gelacht!"

Aus den harmlosen Äußerungen des Knaben erkannte Goldköpfchen sehr bald, daß der Knabe ihren beiden Kindern eine Freude bereiten wollte. Er, der so gar nichts besaß, dem der Wert der Sachen noch unbekannt war, hatte sich bestimmt nichts Schlimmes gedacht. So unterdrückte Goldköpfchen jeden Vorwurf, denn der Hansl schaute sie so seelenruhig mit seinen blauen Unschuldsaugen an, daß Goldköpfchen jedes Wort im Halse steckenblieb. Es war glücklicherweise kein teurer

Hut, eine ganz leichte einfache Kopfbedeckung, die sie für den Aufenthalt in den Bergen gekauft hatte.

„Mutti, sieh nur“, rief Adele, „die liebe Kuh guckt zu mir herüber, weil ich so niedlich bin.“

„Ihr werdet jetzt Mich trinken. Wir bleiben draußen auf der Bank, und dann eßt ihr eure Butterbrote dazu.“

„Der Hansl muß aber auch herkommen.“

Der Hansl legte sich vor die Kinder ins Gras. Als man ihn aufforderte, sich mit auf die Bank zu setzen, schüttelte er den Kopf. Er lag lieber langausgestreckt im Grase und ließ sich die Sonne ins Gesicht scheinen.

„Mutti, er hat gar nichts, keine Seife, keinen Schrank, keine Schuhe.“

„Oh“, sagte der Hansl, „ich habe viel! Ich habe meine Kühe, die Alm, mein Heu und die ganzen Berge! – Die Berge sind das Allerschönste, was es gibt.“ Plötzlich begann er wieder zu singen:

„Und wenn i vo weitem a Bergle ka' seah,
Do lupft's m'r mei Bluet und mei Herz glei' in de Höah!“

Marlene lachte. „U–we–wi wo–wo–wa mutsch–witsch bööh ha–hutsch–i wutsch–hi. – Mutti, hast du gehört, ich kann auch so sprechen, wie der Hansl!“

Der schaute Marlene mitleidig an. „Kannst net“, sagte er, „bist ja ein Stadtmädel!“ Schon sprang er wieder auf und lief hinter einer Kuh her, um sie zurückzuholen.

„Ich komm mit, Hansl“, rief Adele, sprang von der Bank herunter und lief hinter dem Knaben her. Da in der Nähe der Almhütte augenblicklich keine Kühe waren, hatte sie Mut.

„Du kommst zurück“, rief Goldköpfchen. Aber Adele hörte nicht. Sie sah einen großen bunten Schmetterling, dem lief sie nach.

Da Goldköpfchen die Kleine sehen konnte, rief sie zunächst nicht nochmals. Bald bemerkte sie jedoch mit wachsender Unruhe, daß sich der kleine Fips mehr und mehr den Kühen näherte. Der schöne Schmetterling flog immer weiter, und plötzlich war ein Schrei zu vernehmen. Adele lag der Länge nach auf der Erde.

„Oh – – oh – –", sie zog den Strumpf herunter. Ein Blutstropfen wurde sichtbar. Da setzte sie sich ins Gras, steckte den Finger in den Mund und wischte den Blutstropfen von ihrem Beinchen ab. Aber da kam schon wieder ein neuer Blutstropfen.

„Fips, – kleiner Fips!" Goldköpfchen hatte gesehen, daß sich eine Kuh dem Kinde näherte. Die Kleine bemerkte das nicht, sie betrachtete aufmerksam das blutende Beinchen. Erst als die Kuh dicht vor dem Kinde stand, kam ein lauter Schrei aus dem Munde Adeles.

„Die Kuh, die Kuh –" rief Goldköpfchen. „Bitte, wollen Sie die Kuh fortjagen", wandte sie sich an den am Kessel stehenden Almer.

„Sie tut nichts, – sie tut wirklich nichts."

Goldköpfchens Herz bebte. Sollte sie den Weg über die Almwiese machen? Bis dahin konnte die Kuh die Kleine längst getreten haben.

Der kleine Fips sah die Kuh neben sich, fiel vor Schreck auf den Rücken und lag regungslos da. Der Schreck hatte dem Kinde im Augenblick die Sprache genommen. Adele sah den Kopf der Kuh dicht über sich, der sich jetzt langsam tiefer neigte. Im nächsten Augenblick würde sie von der Kuh gefressen werden. Da kam dem kleinen Mädchen die Sprache wieder, und leise murmelte sie:

„Ich bin doch kein Blümchen, Kuh. – Liebe Kuh, laß mich in Ruh! Hansl – – Hansl – –" schrie Adele dann aus Leibeskräften.

Der Hansl kam angelaufen. Er zog die Kuh nicht fort, er lachte lustig auf.

„Weil du so schön bist", rief er, „hat dich die Kuh gern."

„Ich – will – nicht schön sein –" stammelte der kleine Fips in seiner Angst, „ich bin nicht schön!"

„Die Kuh denkt, du bist eine schöne Blume, da kommt sie an."

Adele schloß, von neuem Schrecken ergriffen, die Augen. Ein warmer Atem schlug in ihr Gesicht. In die Locken fuhr das Maul der Kuh.

„Sie freßt mir – –“, mehr konnte die Kleine nicht sagen. In ihrer Herzensangst faltete sie die Hände. Niemand verstand, was sie murmelte, denn die Stimme gehorchte ihr nicht mehr. „Ich will keine Lieblichkeit mehr sein, ich will ganz häßlich werden, aber freß mich nicht, liebe, liebe Kuh. – Ich bin doch keine Blume, – ich bin ein unartiges Mädchen. – Ach, freß mich nicht, liebe gute Kuh!“

Endlich schien der Hansl zu merken, daß das kleine blondlockige Mädchen vor Angst krank zu werden schien. Da nahm er die Kuh an den Hörnern.

„Komm, Nandl, das Mädel fürchtet sich vor dir. Es schmeckt auch nicht. Komm, friß das saftige Gras!“

Willig ließ sich die Kuh fortführen. Die kleine Adele merkte es nicht. Sie lag wie gelähmt auf dem Boden. Goldköpfchen, die alles gesehen hatte, die ihr Kind in Gefahr glaubte, hatte doch gewagt, hin zu Adele zu eilen, vorbei an mancher Kuh. Sie stand, als der Hansl gerade die Nandl fortführte, neben dem kleinen Fips.

„Lieber kleiner Fips – –“

„Mutti, ich glaube, sie hat mir gefreßt, – mir ist ganz schwarz.“

Goldköpfchen nahm Adele auf den Arm. Wieder näherte sich ihr eine Kuh, doch die Angst um ihr Kind gab der Mutter Mut. Immer wieder hatte man ihr gesagt, daß die Kühe gutartig seien. Warum war sie so feige? Sie sah doch sonst jeder Gefahr mutig ins Auge.

Adele war weiß wie Schnee. Sie legte beide Ärmchen um den Hals der Mutter und sagte: „Mutti, ich bin nu' keine Lieblichkeit mehr. Mutti, die Kuh hat gedacht, ich bin eine Blume. – Ach – Mutti – Mutti –“

„Wir wollen die Kleine aufs Heu legen“, sagte einer der Almer, „sie hat sich sehr erschreckt.“

Adele kam aufs Lager des Hansl. Man hatte über das Heu eine Decke gebreitet, mit der sich der Hansl in den Nächten zudeckte. Ein Almer brachte Milch, und Goldköpfchen sprach beruhigend auf den kleinen Fips ein. Auch der Hansl kam gelaufen und schaute nach der Kleinen.

Adele erholte sich rasch. Als sie sah, daß sie noch am Leben war, daß ihr die Kuh nichts getan hatte, begann sie erst einmal heftig zu weinen, doch bald beruhigte sie sich wieder und lachte über die Späße, die einer der Almer machte.

„Hättest die Kuh anschreien sollen", sagte der Mann, „hättest ihr sagen sollen: „Willst a Watschen?""

Man blieb noch zwei Stunden auf der Alm, dann ging es an den Heimweg. Der Karren war längst abgefahren, so mußten die drei bis zum Tauernhaus zu Fuß gehen. Goldköpfchen fürchtete allerdings, daß die kleine Adele nach dem ausgestandenen Schreck den Abstieg nicht werde machen können.

„Soll ich die Kleine ein Stück Weges tragen?" erbot sich einer der Männer, „ich lasse sie auf meinen Schultern reiten."

Aber Adele hatte Angst, und so wurde der Abstieg zu Fuß vorgesehen. Die Almer bekamen von Goldköpfchen ein kleines Geldgeschenk, denn sie wollten weder für die Milch noch für die Brote etwas haben. Dem Hansl aber wurde die Mundharmonika versprochen. Noch lange hörten die Absteigenden seine hellen Jauchzer, seine in Mundart gesungenen Lieder, die sie nicht verstanden.

Als sie im Tauernhaus ankamen, stand bereits der Wagen vor der Tür, der Goldköpfchen und die beiden Fipse wieder hinunter ins Tal bringen sollte.

Was gab es nicht alles unten zu erzählen. Die kleinen Plappermäulchen standen keine Minute still. Adele hatte ihren Schreck völlig überwunden, als dann aber Bergführer Scharr sagte, Adele habe sicherlich den Almern sehr gut gefallen, man habe wahrscheinlich geglaubt ein kleines Englein zu sehen, schüttelte sie energisch den Kopf.

„Ich bin kein Englein, ich bin auch kein Blümchen, ich bin auch keine Lieblichkeit – ich bin ein Fips!"

Goldköpfchen hörte die Worte. Sollte das Erlebnis oben auf der Alm für Adele eine gute Lehre geworden sein? Sah es Adele als Strafe dafür an, daß sie so eitel war? Dann hätte der ausgestandene Schreck sein Gutes gehabt.

Die Kinder ließen sich heute gar willig zu Bett bringen, denn sie waren von dem Ausflug ermüdet. Sehr schnell schliefen sie ein.

Goldköpfchen saß im Zimmer und schrieb an den Gatten und ihre Kinder. Da vernahm sie lautes Stöhnen und Seufzen. Es kam aus dem Bett des kleinen Fips. – Leise trat sie an dessen Lager. Adele schlief fest; sie schien einen bösen Traum zu haben. Goldköpfchen beugte sich nieder und strich mit der Hand beruhigend über die Stirn der Kleinen. Da fuhr Adele auf. Mit lauter Stimme schrie sie die Mutti an:

„Willst a Watschen?"

Goldköpfchen war im ersten Augenblick starr. Sprach solche Worte ein artiges Kind zu seiner Mutter?

„Fort gehste oder du kriegst a Watschen!"

Der kleine Fips träumte von der Kuh, die sich über ihn beugte, die mit dem Maul in seinen Haaren wühlte. Und wieder klang es:

„Kriegst a Watschen – –"

Von diesem Schrei erwachte Adele. Noch war sie mit ihren Gedanken bei der gefürchteten Kuh. Mit beiden Händen schlug sie nach der Mutti. „Da hast a Watschen!"

„Aber Fips!" rief Goldköpfchen.

Da erst ermunterte sich das Kind. „Mutti – – ich dachte, du bist die böse Kuh. – Ach, Mutti, nu' ist's gut. – Kommt die Kuh auch wirklich nicht her?"

„Nein, mein Kleines, du bist in deinem Bettchen, und die Mutti ist bei dir. Wir sind ja nicht mehr auf der Alm."

„Na, dann ist's gut!"

Adele legte sich wieder um. Leise sang Goldköpfchen ein Schlummerlied, damit der kleine Fips recht schnell wieder zur Ruhe kam.

Die Mutti ist kommen

„Wißt ihr, was mir die Mutti heute schreibt?“ sagte Doktor Kirschner, als er zum Mittagessen heimkam, „sie kommt am Sonnabend zurück, und ich – –“

„Die Mutti kommt, – die Mutti kommt!“ Erregt schrien es die Kinder durcheinander.

„Ruhe“, gebot der Vater. „Die Mutti kommt mit den beiden Fipsen am Sonnabend heim, und ich hole sie – –“

„Väti, wir fahren alle mit, wir holen sie alle!“ Erna war vom Stuhl gesprungen und saß auf den Knien des Vaters. „Denke mal“, sagte sie, indem sie zärtlich die Wange des Vaters streichelte, „die Mutti hat uns soooo lange nicht gesehen, sie kann es nicht mehr erwarten. Sie freut sich furchtbar, wenn wir ihr alle entgegenfahren. – Vati, ich sitze vorne, neben dir, im Auto.“

„Vati, ich habe in der Schule so gut aufgepaßt, du hast doch gesagt – – Vati, ich komme doch mit?“ rief Jürgen stürmisch.

„Wenn du doch bis Dresden fährst“, sagte Hermann, “könnte ich vielleicht mitkommen. Ich bin der Älteste und kann der Mutti das Handgepäck tragen.“

„Vati, sag rasch, Sonnabend kommt die Mutti, da muß ich noch – noch – – wie viele Male muß ich noch schlafengehen?“

„Noch viermal, Erna.“

„Mutti – Mutti – Mutti“, krähte die kleine Ulla, die in einem hohen Stühlchen neben Frau Leuschner saß.

Doktor Kirschner schaute seine Kinder der Reihe nach lachend an. Er hatte nicht geglaubt, daß er in Abwesenheit der Mutter so gut mit den

Rangen fertigwerden würde. Aber die gute Kinderfrau und das tüchtige Fräulein Rettich hatten ihm wacker geholfen. Freilich war es nicht immer ohne Strafe abgegangen, aber Doktor Kirschner freute sich besonders über Stefan, der ihm früher viel Sorgen gemacht hatte. Stefan war allerdings heute noch der Unartigste, aber es genügte, wenn man ihm drohte, daß er bei Rückkehr der Mutter nicht zugegen sein dürfe, sondern eingesperrt werde. Da wurde aus dem wilden Stefan ein artiger Knabe, der dem Vater einen flehenden Blick zusandte.

„Es ist doch ganz selbstverständlich", meinte Stefan, „daß ich der Mutter bis Dresden entgegenfahre. Ich habe mir ihretwegen so viele Mühe gemacht, daß ich eine Belohnung verdiene. Meinst du nicht auch?"

„Fritz", tönte die Stimme Fräulein Rettichs laut und erschrocken durch das Zimmer.

Aller Augen richteten sich auf den Knaben, der mit einem Löffel von seinem Teller Preißelbeeren nahm und kleine Häufchen auf das Tischtuch setzte.

„Was soll das?" rief der Vater ernst.

Fritz fühlte sich durchaus nicht schuldig. Er wies ruhig auf die Häufchen, die das Tischtuch um seinen Teller herum zierten, und sagte danach: „Noch so viele Tage, wie ich kleine Haufen habe. Dann ist die Mutti endlich wieder da. An jedem Tage esse ich einen Haufen auf, und wenn ich endlich den letzten – –" Fritz patschte mit dem Löffel so kräftig in den letzten Haufen, daß die Beeren nach allen Richtungen spritzten. Schon hatte er einen kräftigen Schlag auf die Hand bekommen. „Schämst du dich gar nicht?"

„Vati, die Sau nimmst du doch nicht mit?" sagte Stefan, „der Fritz bleibt hier!"

„Einsperren müßte man dich, dummer Junge", schrie Erna. „Hast du mir nicht versprochen, du wolltest ein liebes Kind sein? Nun beträgst du dich so? – Na warte, ich werde dir schon eine Tracht geben!"

„Ich mach' doch nur kleine Haufen wegen der Mutti, weil ich mich so sehr freue. Ihr habt im Garten auch Haufen aus Sand gemacht, du Olle!“

Fritz spritzte mit dem Löffel nach der Schwester.

„Wenn du dich am Tische nicht anständig betragen willst, gehst du hinaus“, zürnte der Vater, „und wenn du noch einmal so etwas machst, darfst du am Sonnabend beim Empfang der Mutti nicht dabei sein. Das merke dir!“

Erna hockte noch immer auf den Knien des Vaters. „Vati, ich habe noch immer dein Ehrenwortversprechen nicht, daß du mich am Sonnabend bis Dresden mitnimmst.“

„Ich fände es viel schöner, wenn ihr alle die Mutti daheim erwarten würdet. Ein jeder denkt sich was Schönes aus, um ihr beim Heimkommen sogleich eine Freude zu bereiten.“

„Ich schlage 'nen Purzelbaum und laufe ihr auf den Händen entgegen“, schrie Stefan.

„Und ich brülle, bis mir die Bänder am Brustkorb platzen.“

„Wir wollen sogleich beraten, wie ihr die Mutti am besten empfangt. Der Vater fährt allein nach Dresden. Am späten Nachmittag, so gegen sechs Uhr, sind wir hier, und dann kann es losgehen mit der Freude.“

„Wir bauen von uns dreien einen Turm. – – Weißt du, Vati, unten steht der Hermann, dann kriechen wir auf seine Schultern und machen 'nen Turm.“

„Ja, wir machen den Turm“, schrie Jürgen.

„Und fallt auf die Nase, und die Mutti hat gleich bei ihrer Heimkehr den Schreck und die Arbeit, euch zu verbinden.“

„Das mach du lieber“, sagte Erna zärtlich, „das kannst du sehr fein. Väti, ich lasse mich sehr gern von dir verbinden. – Väti, bitte sag' es mir ganz leise ins Ohr: die anderen bleiben hier und machen der Mutti hier ihre Freuden, und ich fahre mit dir! – Weißt, liebes Väti, es ist immer gut, wenn ein Autler 'ne Dame zur Seite hat.“

„Warum ist das gut, kleine Erna?“

„Er hat eine angenehme Unterhaltung. Ich kann aber auch aufpassen, ob irgendeine Eisenbahn kommt. – Vati, es ist wirklich gut, wenn du 'ne Frau mitnimmst!“

„Nun, da könnte ich ja Frau Leuschner oder Fräulein Rettich mitnehmen.“

Erna griff nach dem Ohr des Vaters und zog daran seinen Kopf zu sich herunter. „Väti, was willst du mit der alten Frau Leuschner? Sie muß auf Ulla aufpassen, sonst weint die immerfort.“

„Na, dann Fräulein Rettich.“

„Ach, Väti, – es ist doch viel niedlicher, wenn neben einem großen Mann ein kleines Mädchen sitzt. – Nu sag ja, und dann ist die Sache abgemacht.“

„Ich habe es mir viel schöner gedacht, wenn ihr alle der Mutti zum Empfang ein Lied singt. Einer gibt ihr Blumen – –“

„Das ist fein“, rief Fräulein Rettich. „Ihr lernt ein hübsches Lied, das singen wir gemeinsam, wenn die Mutti heimkommt.“

„Und eine Musik muß auch dabei sein“, rief Jürgen. „Wir drehen den Rundfunk an – –“

„Nein, das Grammophon mit der Platte, wo so viele Männer singen.“

„Das könnt ihr alles überlegen“, sagte der Vater. „Ich will einmal sehen, wer von euch die besten Gedanken hat. Ich schenke jedem von euch eine Mark. Für diese Mark denkt ihr euch eine Freude aus, die ihr der Mutti machen wollt. Heute abend sagt ihr mir, was ihr ausgebrütet habt.“

„Ausgebrütet – haha“, lachte Erna, „Väti, wir sind doch keine Gluckhennen! Ach, Väti, ich weiß schon was! Ich kaufe der Mutti eine Tüte mit Bonbons, die verteilt sie dann an uns, wenn sie kommt.“

„Nein, dann bekommst du keine Mark! Das Geld ist nur dafür da, der Mutti eine Freude zu machen.“

„Na, Vater“, sagte Stefan, „die Mutter hat doch immer 'ne große Freude, wenn sie uns was geben kann. Sollst mal sehen, wie sie sich freut, wenn sie uns Bonbons schenkt.“

„Die Mutti bringt uns sicher viel Schönes mit“, unterbrach Jürgen die Unterhaltung, „wahrscheinlich auch Bonbons und Schokolade. Im Pinzgau wird es sicher sehr gute Schokolade geben. Da können wir das Geld für die Mutti verwenden. – Ich kaufe ihr 'nen neuen Hut, weil doch die Kuh den Hut von ihr dreckig gemacht hat.“

„Für eine Mark bekommst du keinen Hut. Und jetzt überlegt, was ihr mit dem Gelde beginnen werdet – – „

„Na, gib her“, rief Stefan und hielt dem Vater die Hand hin, „der Frau Leuschner gibst du auch 'ne Mark, der Fräulein Rettich auch eine und –“

„Väti, das Geld der kleinen Ulla nehme ich in Verwahrung. Die Ulla weiß noch nicht, was eine Mark ist, die würde doch nur dummes Zeug kaufen lassen. Ich aber werde mir den Kopf zerbrechen und dann was Schönes ausgedacht haben, was nur eine Freude für die Mutti ist! – Nicht wahr, Väti, ich bekomme zweimal eine Mark?“

„Jeder bekommt eine Mark, und nun sollt ihr mit Frau Leuschner und Fräulein Rettich beraten, was ihr kaufen wollt. Habt ihr gute Gedanken, bekommt heute abend jeder seine Mark.“

Nun wurde am Nachmittag fleißig beraten. Fritz wollte der Mutti eine Katze schenken. Der Nachbar hatte gerade junge Katzen. Jürgen dachte an eine Halskette, wie er sie in einem Laden gesehen hatte.

„Sie kostet eine Mark!“

Kurzum jedes der Kinder hatte einen anderen Vorschlag, aber immer wieder schüttelte Fräulein Rettich den Kopf.

„Oller Rettich, – wenn dir gar nichts paßt“, rief Stefan, „fragen wir dich überhaupt nicht mehr und denken uns was alleine aus!“

„Wir wollen der Mutti zum Willkommen ein schönes Lied singen, und dazu spiele ich auf dem Klavier – –“

„Nein, wir spielen eine Grammophonplatte!“

„Ja, wir spielen 'ne Grammophonplatte“, tönte es mehrstimmig, und schon eilten die Kinder an den Grammophonschrank und ließen ihn von Fräulein Rettich aufschließen. Sie sollte eine Platte heraussuchen, die ankündete, daß man sich über der Mutter Heimkehr sehr freue.

„Ein feiner Gedanke“, sagte Hermann, „bei meinem Freunde haben sie neulich eine Platte zu seinem Geburtstag gehabt. Da hielt die Platte eine Rede, das machte viel Spaß. Wir müssen also eine Platte haben, die die Mutti willkommen heißt.“

Dieser Vorschlag fand begeisterte Aufnahme. Jürgen, Stefan und Erna waren sofort bereit, für diese Platte ihre Mark zu opfern.

„Wir gehen zu Schlüssler, der hat viele, viele Platten, dort suchen wir eine aus! Lieber Rettich, komm gleich mit, wir wollen hingehen“, bestürmte Jürgen das Kinderfräulein.

„Ich habe jetzt noch keine Zeit“, sagte Hermann, „nachher können wir gehen.“

„Nein, wir wollen gleich gehen!“

Die Kinder drängten so sehr, daß sich Fräulein Rettich entschloß, mit Jürgen, Stefan und Erna zu Schlüssler zu gehen, um nachzusehen, ob er eine derartige Platte habe.

„Auf der Platte muß sein, – eine Mutti kommt mit zwei Fipsen zurück und sieht ihre artigen Kinder. Dann schreien alle Kinder: Hoch – hoch – hoch – die Mutti ist wieder da!“

„Ich glaube nicht, kleine Erna, daß wir solch eine Platte bekommen würden. Es würde aber genügen, wenn wir ein hübsches Lied bekämen, in dem wir die Mutti willkommen heißen.“

In schnellster Gangart ging es nach dem Geschäft. Die Kinder zerrten Fräulein Rettich in den Laden und redeten aufgeregt auf den Geschäftsinhaber ein, der die Kleinen gut kannte. Er hielt sich schließlich die Ohren zu.

„Was ihr haben wollt, habe ich noch nicht gehört. Nur einen fürchterlichen Krach.“

„Eine Platte mit einem schönen Lied – –“ Jürgen teilte nach rechts und links Püffe aus, als sie sich Herrn Schlüssler näherten. „Jetzt rede ich. Ich gebe meine ganze Mark, und ihr seid still. – Also eine Platte mit einem schönen Lied, das wir singen können. In dem Liede muß es heißen, daß einer wieder in sein Heimatland kommt und lange weg war.“

„So etwas habe ich natürlich. Da will ich gleich einmal die Platten hervorholen.“ Schlüssler holte mehrere Platten.

„Von der Wanderschaft zurück“, las er laut.

„Fein, fein“, rief Stefan, „da haben wir schon was!“

„Nein“, sagte Fräulein Rettich, „das geht nicht.“

„Doch, das geht, sie kommt von der Wanderschaft zurück!“

„Wir finden gewiß noch etwas Besseres. Die Mutter ist doch kein Jüngling. In dem Liede heißt es, daß ein Jüngling von der Wanderschaft zurückkommt.“

Währenddessen stand Jürgen neben Herrn Schlüssler und bat ihn, er solle ihm den Anfang jeder Platte nennen.

„Ich hatt' einen Kameraden – Liebchen ade, Scheiden tut weh – Am Brunnen vor dem Tore – – Ich komme vom Gebirge her – –“

„Halt!“ schrie Jürgen aus vollem Halse und riß Herrn Schlüssler die Platte aus der Hand, „die kaufe ich. Heute abend bringe ich die Mark. – Die Mutti kommt vom Gebirge her!“

„Nein, mein Junge, das ist nicht das Richtige!“

„Doch – doch“, rief er mit blitzenden Augen, „sie kommt vom Gebirge her, sie hat viele hohe Berge gesehen, – sie kommt doch aus dem Pinzgau. – Diese Platte will ich haben!“

„Das wäre aber kein freudiger Empfang für die Mutti, denn in dem Liede heißt es weiter, daß ein Mensch wandert und immerfort wandert, das

Glück sucht und nicht findet. Wir wollen lieber eine andere Platte wählen."

Währenddessen hatte Fräulein Rettich einige Platten durchgesehen. Erna ließ sich von ihr gleichfalls die Anfänge der Lieder sagen.

„Nach der Heimat möcht' ich wieder", las das Kinderfräulein.

„O ja –" rief Erna, „das paßt!"

„Nein, das Lied paßt auch nicht."

„Wenn doch gar nichts paßt, können wir der Mutti nichts vorspielen auf dem Grammophon."

Man suchte noch ein Weilchen, aber auch unter den einfachen Kinderliedern war wirklich nichts Geeignetes. So beschloß Fräulein Rettich, das schöne Frühlingslied „Der Mai ist gekommen" passend umzudichten.

„Wäre das nicht schön, wenn ihr singen würdet: Die Mutti ist kommen, und wir dichten noch etwas dazu? Ich mache euch die Verse. Wollen wir die Platte kaufen? Der Mai ist gekommen?"

Jürgen war dafür, dann brauchte er keine neue Melodie zu lernen. Die Platte kostete nur eine Mark fünfzig.

„Meine Mark gebe ich dazu", rief Jürgen.

„Meine Mark", stimmte Erna mit ein.

„Quatsch, meine Mark", meinte Stefan.

„Jeder gibt etwas dazu", entschied Fräulein Rettich und bezahlte die Platte. Dann machten sich alle auf den Heimweg. Stefan wollte durchaus die Platte tragen, Jürgen entriß sie ihm, da rutschte sie den Kindern aus der Hand, fiel aufs Pflaster – und zerbrach.

Auf der Straße wurde die Platte ausgewickelt und mit entsetzten Augen betrachtet. Fräulein Rettich schalt, aber was half das, die Platte war zerbrochen.

„Es bleibt uns nichts anderes übrig, als noch einmal eine Platte zu holen und wieder eine Mark und fünfzig Pfennige zu bezahlen. Dann seid ihr drei euer Geld los."

Die zweite Platte wurde geholt. Fräulein Rettich nahm sie in Verwahrung.

„Ich hab' auch was Schönes für die Mutti", empfing Fritz die Geschwister, „ich schenke ihr ganz was Feines!"

„Was schenkst du ihr, kleiner Junge?" fragte Erna.

Fritz kam mit einem Luftkissen an. „Das habe ich ganz voll aufgeblasen, und die Mark stecke ich in meine Sparbüchse. Die Mutti freut sich furchtbar, wenn das Kissen dick ist. – Oh, hab' ich aber geblasen, ich war ganz rot im Gesicht."

„Ach, das ist doch kein Geschenk", sagte Erna, „und die Mark darfst du nicht einstecken. Die mußt du für die Grammophonplatte geben, sonst langt es nicht." Die kleine Schlaubergerin wollte gern ihre eigene Mark behalten, um der Mutti etwas besonders Schönes zu kaufen.

„Und ich schenke ihr noch was", sagte Fritz. „Wenn sie abends kommt, decke ich ihr das Bett auf und nicht die Ida! Das macht viel Arbeit und macht der Mutti Freude."

Am Abend hörte Doktor Kirschner von den Plänen der Kinder. Hermann wollte entweder eine Girlande winden oder einen Blumenstrauß auf den Tisch stellen. Die nächsten drei hatten die Grammophonplatte gekauft, das aufgeblasene Luftkissen und das aufgedeckte Bett zählten nicht.

„Ich gebe der Mutti für eine Mark Küsse. Wie viele Küsse kann ich ihr dafür geben?"

„Wenn du nichts Besseres weißt, Fritz, gibt es keine Mark."

„Vater, ich werde ihm was raten", sagte Hermann, „er muß auch Blumen kaufen, damit wir einen schönen Strauß haben."

Inzwischen hatte Fräulein Rettich ein kleines Gedicht gemacht, das die Kleinen zum Empfang der heimkehrenden Mutter singen sollten.

„Ich bin keine Dichterin“, sagte sie lachend zu Doktor Kirschner, „mein Gedicht ist wirklich nicht schön, aber gut gemeint und für die Kinder leicht zu lernen.“

Und nun wurde gelernt:

„Die Mutti ist kommen,
Wie glücklich woll'n wir sein!
Gesund kehrt sie wieder
Mit ihren Kinderlein.“

Es waren drei Verse, in allen wurde die Mutti herzlich willkommen geheißen. Die Platte wurde auf das Grammophon gelegt und zu der Melodie „Der Mai ist gekommen“ der neue Text gesungen. Auch Frau Leuschner und Ulla beteiligten sich an dem Gesang.

„Wird das fein“, riefen die Kinder und sangen das Lied am Sonnabend dem Vater vor, der zur Fahrt nach Dresden rüstete.

Die Kinder standen dauernd um das Grammophon. Da nahm Fräulein Rettich kurzerhand die Platte herunter.

„Ihr wollt sie wohl wieder zerbrechen? Die Platte gibt es erst heute abend.“

Von nun an sang es in allen Zimmern: „Die Mutti ist kommen, wie glücklich woll'n wir sein!“

Obwohl man den Kindern gesagt hatte, daß der Vater nicht vor sechs Uhr zurück sein könne, liefen sie ununterbrochen durch den Vorgarten, hin zur Pforte, um die Straße hinunterzuschauen. Das Auto mußte nun wirklich bald kommen!

Wie langsam heute die Stunden verstrichen! Allmählich hatten sich alle Kinder im Garten eingefunden. Auch Frau Leuschner mit Klein-Ulla kam.

„Bald wird es Zeit, ins Zimmer zu gehen. Hier draußen können wir nicht singen. – Fritz, wie siehst du denn aus? Was hast du schon wieder gemacht? Deine Hände sind entsetzlich schmutzig. – Du wirst doch mit diesen Händen die Mutti nicht willkommen heißen."

Fritz betrachtete prüfend die unsauberen Hände und sagte weinerlich: „Ich hab' doch keine anderen Hände, Frau Leuschner, ich muß schon mit diesen Händen –"

„Lauf und wasche sie schnell, sonst kannst du nicht dabei sein, wenn die Mutti heimkommt und ihr das Lied singt."

Zehn Minuten später wurden die Kinder ins Wohnzimmer gerufen. „Wir lassen das Fenster auf, da können wir das Auto vorfahren sehen", sagte Fräulein Rettich.

An der Haustür war eine Girlande angebracht, die Hermann selbst gewunden und auch selbst aufgehängt hatte. In den Zimmern waren die Vasen mit Blumen gefüllt.

„Wo haste die Platte? – Wo haste die Platte?" rief Jürgen erregt, riß sie Fräulein Rettich aus der Hand und rief: „Laß nur, ich weiß alles allein!" Dann legte er die Platte in den Grammophonkasten hinein. „Ich lasse sie auch losgehen, ich kann das! Ich glaube, sie kommen!"

Alle Kinder eilten zum Fenster. Es war ein anderes Auto, das vorüberfuhr.

„Ich halte es nicht mehr aus", sagte Erna, „mein Herz klopft, als ob ich krank wäre. – Ach, wenn die Mutti doch erst käme!"

Dann war endlich der Wagen da! Das Auto hielt unten vor dem Hause, die Kinder schrien im Zimmer jubelnd auf und wollten hinaus, – da stellte sich Frau Leuschner an die Tür und gebot: „Hierbleiben, die Mutti wird hier von euch empfangen."

Unten im Wagen hörten Goldköpfchen und die beiden Fipse das Jubelgeschrei aus den geöffneten Fenstern.

„O Glück – sie kommt!" rief Erna.

„Die Mutti ist endlich da!“

„Nun brauche ich vor Sehnsucht nicht mehr zu sterben!“

„Mutti – Mutti – Mutti – –“

„Schön hingestellt“, befahl Fräulein Rettich, „nun wird gleich, wenn die Mutti kommt, das Lied angestimmt, dann freut sie sich.“

„Ich stehe an der Türe, ganz am Eingang, und gebe der Mutti als erster den Blumenstrauß“, sagte Hermann.

„Daß alles gut klappt“, mahnte Fräulein Rettich: „Hermann gibt den Strauß, in demselben Augenblick setze ich das Grammophon in Bewegung und ihr fangt an zu singen. Aber achtet gut auf den ersten Ton, damit ihr nicht falsch anstimmt.“

Es war kaum gesagt, da stand auch Goldköpfchen mit den beiden Fipsen in der geöffneten Tür, gefolgt von Doktor Kirschner. Mit einem glücklichen Lächeln überschaute sie die Kinderschar, die frisch und gesund aussah.

„Willkommen, meine liebe Mutti, herzlich willkommen!“ Goldköpfchen nahm den gereichten Blumenstrauß, zog ihren Ältesten an sich und küßte ihn. Indessen ließ Fräulein Rettich die Platte laufen. Leises Schnurren, erregtes: „Aufpassen – gut aufpassen“ der Kinder. Dann klang der erste Ton durch den Raum. Und während Goldköpfchen ihren Hermann noch immer im Arm hielt, brüllte es los, nach der Melodie „Der Mai ist gekommen“:

„Die Mutti ist kommen – –“

„Heimatland“, tönte es, von Männern gesungen, aus dem Apparat. Hermann stutzte, aber Jürgen, Erna, Stefan und Fritz ließen sich im Singen nicht stören, sie schrien um so lauter:

„Wie glücklich woll'n wir sein – –“

„Heimatland ade – –“ sang die Platte.

„Gesund kehrt sie wieder mit ihren Kinderlein –“

Fräulein Rettich eilte zum Grammophon. Was war denn das? Hatte Jürgen in der Eile eine falsche Platte aufgelegt? Und während die Kinder den zweiten Vers des Liedes sangen, ohne sich darum zu kümmern, was der vierstimmige Männerchor auf der Grammophonplatte sang, lachte Goldköpfchen so herzlich, daß ihr die Tränen über die Wangen rollten. Sie war ohnehin von dem Wiedersehen innerlich stark bewegt.

„Lieb Heimatland ade – –“ sang die Platte laut und kräftig in eine Pause hinein, die die Kinder machten. Da wandte sich Erna um und schaute empört ins Grammophon.

„Was ist denn das? Hier stimmt was nicht.“

„Singen“, brüllte Jürgen und versetzte der Schwester einen Puff.

Indessen hatte Fräulein Rettich die Platte umgedreht. „Wir fangen noch einmal ganz von vorn an“, rief sie.

Die Platte drehte sich und begann mit dem Anfang des Liedes, aber die Kinder waren bereits bei der vierten Zeile des Liedes, sie sangen und sangen, bis das Lied beendet war. Dann stürzten sie auf die Mutti zu und umhalsten sie kräftig. Einer stieß den anderen zur Seite, es kam zu Scheltworten, bis Goldköpfchen Ordnung schaffte und die Kinder der Reihe nach herzlich begrüßte.

Dann kamen die Fipse an die Reihe. Auch die wurden heute geküßt.

„Heute habe ich dich furchtbar lieb“, sagte Jürgen zu Marlene, „morgen biste schon wieder frech, da kann ich dich nicht leiden. – Meine Pferde hast du mir doch kaputt gemacht.“

„Ich habe so schöne Pferde gesehen.“

„Und Kühe“, rief Adele.

„Und grüne Piepvögel, die sprechen.“

„Quatsch“, sagte Stefan, „du hast wohl den Vogel gehört, der in deinem Kopfe ist.“

Marlene packte Hermann in den Nacken. „Du, da hinten sitzt dein Gemsbart! Alle Kühe und alle Gemsen haben einen Gemsbart, aber die

Menschen haben keinen Gemsbart, oder – Vati –“ sie ließ Hermann los, „hast du einen Gemsbart?“

Goldköpfchen blieb von den Kindern umringt. Hunderte von Fragen schwirrten an ihr Ohr. Jedes Kind wollte etwas wissen.

„Und artig waren wir“, sagte Fritz, „so furchtbar artig, daß wir das verdienen, was du uns mitgebracht hast.“

„Ja, das haben wir wirklich verdient“, meinte Stefan, „der Vater ist Zeuge. Wir haben uns manchmal so gemüht, daß wir beinahe vor Artigkeit krank wurden. Aber wir wissen ja, unsere gute Mutti belohnt uns und – – Mutti, wann packst du denn aus?“

Hermann war der einzige, der seinen Schwestern beim Ausziehen half. Bei der Mutti hatte es der Vati bereits getan.

„Oh – oh – oh“, lachte Marlene plötzlich auf. Hermann hatte Marlene die Kappe vom Kopf genommen, auf der sich eine Quaste befand. Diese Quaste hatte er in seinem Eifer abgerissen. „Vati“, jauchzte Marlene, „jetzt brauchste mich nicht mehr am Blinddarm operieren, jetzt hat ihn mir der Hermann abgerissen!“

„Mutti, komm, ich habe noch was Feines“, rief Jürgen, „die allergrößte Überraschung kommt noch für dich. Warte ein bißchen!“

„Erst möchte die Mutti noch einmal das Lied hören. Vorhin hat sie es nicht richtig verstehen können.“

„Was war denn vorhin für 'ne Verrücktheit los?“ schalt Jürgen.

„Deine Schuld, mein lieber Junge“, sagte Fräulein Rettich, „du hast die falsche Seite der Grammophonplatte aufgelegt, du hattest es gar zu eilig!“

„So 'ne Verrücktheit, nee, so 'ne Verrücktheit“, murmelte Jürgen. „Also gut, singen wir das Lied noch einmal.“

Nun klappte es. Die Kinder sangen das dreistrophige Lied richtig bis zu Ende, doch dann stürmte Jürgen davon mit dem Ruf: „Mutti, es kommt noch einer, der dich begrüßen will!“

Wenige Augenblicke später kam der Erwartete. Man hatte sich die Katze vom Nachbar ausgebeten und der Katze an den Schwanz drei schöne Luftballons gebunden, einen blauen, einen roten und einen gelben. Der laute Jubel der Kinder machte das Tier scheu, außerdem gefiel ihm der Schmuck gar nicht. Rasch kroch die Katze unter das Sofa, doch die Ballons wurden dadurch an die Sofakante gedrückt, es gab dreimal einen Knall, die Ballons waren zerplatzt. Ulla begann laut zu schreien, Adele schlug zornig auf Jürgen ein, Hermann machte ein unwilliges Gesicht und meinte: „Das ist schon Tierquälerei, und Tiere quält man nicht. Ich finde das nicht schön von dir, Jürgen."

„Ich auch nicht", sagte Fritz. „Mutti, darum hast du mir mehr mitgebracht als den anderen."

„Der Hansl bekommt von uns eine Mundharmonika", plapperte Marlene, „und Resi und Mali bekommen jede eine Puppe, weil ihre Puppe von der Kuh gefressen ist. – Und ich krieg 'ne Tracht."

„Was willst du haben?" fragte der Vater.

„Väti, ich will eine Tracht."

„Die kannste gleich haben", rief Stefan, packte die kleine Schwester am Arm und klopfte sie kräftig aufs Hinterteil. „So, – da haste deine Tracht!"

„Du Biest", rief Marlene.

„Na, na", mahnte der Vater, „es könnte wirklich sein, daß du eine Tracht bekommst, wenn du diese unartigen Reden nicht läßt."

„Vati", sagte die Kleine weinerlich, „ich will doch so 'ne Tracht, wie sie die Frauen in Pinzau haben, einen kleinen Hut und hinten dran ganz lange Bänder, bis runter zur Erde. Und einen weiten Rock haben sie auch und eine seidene Schürze. – Vati, das heißt in Pinzau nicht Kleid, das heißt dort: wir haben eine Tracht. Und so eine Tracht will ich haben."

„Erst mal abwarten. Die Reise hat genug Geld gekostet. Der Vati muß jetzt wieder sparen."

Marlene legte beide Arme um den Hals des Vaters: „Ja, du hast recht“, sagte sie nachdenklich, „der Hansl hat gar nichts, keine Seife, keinen Schrank, keine Schuhe, und ich habe so viel. Die Mutti hat uns gesagt, in Pinzau gibt es viele solche Hansls, die nichts haben, und da müssen wir bescheiden sein und nicht immer haben wollen. – Der Hansl ist aber doch zufrieden, auch wenn er gar nichts hat, und die Mutti meint, wir müssen nu' doppelt zufrieden sein, weil wir doch so vieles haben. – Vati, und darum sind wir jetzt zufrieden und wollen so sein wie der Hansl.“

„Das ist brav, Marlene, da wird es auch keine Tracht geben.“

„Ich möcht' ja gerne eine Tracht, aber wenn wir doch bescheiden sein sollen und immer an den Hansl denken müssen, der nichts hat, so – so – – schenk mir erst später 'ne Tracht, wenn der Hansl auch ein Geschenk bekommen hat.“

„Du bist ein ganz gerissener Fips!“

„Ja, Vati, ich bin ein gerissener Fips. – Sieh mal, an drei Fingern hab' ich mir 'nen Riß gerissen. – Ach, Vati, es war so schön in Pinzau! Gemsen, Ziegen, Kühe und liebe Menschen habe ich gesehen, ganz hohe Berge und eine Sau – –“

„Pfui, schäme dich“, rief Fritz. „Das Wort sollen wir doch nicht sagen!“

Marlene lachte überlegen. „Eine Sau ist nicht nur ein Schimpfwort, sondern eine Sau ist ein Schwein, das man später schlachtet. Aber erst hat sie ganz kleine rosa Schweinchen. Die habe ich auch gesehen!“

„Jetzt rede du nicht immerzu, dummer Fips, jetzt soll die Mutti erzählen, wir wollen die Mutti hören!“

Da saß nun Goldköpfchen im Kreise ihrer Kinder und ließ sich zunächst von jedem berichten, was in der Zeit vorgefallen war, da sie weggewesen. Sie fragte Fräulein Rettich und Frau Leuschner, ob die Kinder artig gewesen wären. Fritz und Jürgen sandten beschwörende Blicke hinüber zu Fräulein Rettich, Stefan streichelte beständig die Hand Frau Leuschners. Goldköpfchen tat, als sähe sie das alles nicht, und als die beiden gutherzigen Frauen berichteten, daß sie im großen und ganzen mit den Kindern zufrieden gewesen wären, strahlten aller Augen.

„Mutti, wann packst du aus?“ forschte Fritz. Aber Hermann flüsterte dem Bruder zu, daß solch eine Frage augenblicklich sehr unanständig wäre. Jetzt habe man sich nur über die Heimkehr der Mutti zu freuen.

„Und ich dachte“, sagte Goldköpfchen fröhlich, „ihr wolltet mich wieder forthaben, weil die Grammophonplatte sang: Nun ade, du mein lieb Heimatland!“

„Die dumme Grammophonplatte schmeiße ich kaputt“, schrie Jürgen.

Da schloß Fräulein Rettich ganz leise den Deckel des Grammophons zu. Dem hitzigen Knaben war alles zuzutrauen.

„Mutti“, sagte Stefan, „wie kannst du nur so was denken! Wir sind alle voller Glück, alle Traurigkeit ist fort, denn du bist wieder bei uns. Und wenn du uns später auch wieder mal hauen wirst, werden wir doch immer an das Glück denken, daß du uns wieder geschenkt wurdest. Darum wird es auch nicht so weh tun, wenn ich wieder mal Keile bekomme.“

„Eine Watschen muß er haben“, rief der kleine Fips, „eine Watschen, Mutti!“

„Was willst du, du kleiner niedlicher Fips?“ fragte der Vater.

Da legte der kleine Fips Doktor Kirschner beide Händchen fest auf den Mund und blickte ihn mit geradezu ängstlichen Augen an. „Mußt immer nur sagen kleiner Fips, Vati. – Die Kuh hat's gehört, daß ich mal niedlich war. Da kam sie gelaufen und – wollte mich fressen. Mit dem großen Maul ist sie in mein Gesicht gekommen. – Vati, weil ich immer gedacht habe, ich bin eine Lieblichkeit, – da ist sie böse geworden, die große Kuh – –“

„Die Kuh wollte dich fressen, kleiner Fips?“

„Ja, – sie hat's gehört, daß ich immer niedlich sein wollte. Und die Mutti meint, das darf ich nicht. – Ach, Väti, ich hatte so große Angst. Ich bin nun nicht mehr niedlich, aber ich bin doch dein kleiner Fips. – Vati, bin ich dein kleiner Fips?“

„Ja, mein sehr lieber kleiner Fips. Und wenn du nicht mehr so eitel bist wie früher, bist du sogar mein guter, lieber kleiner Fips!"

„Dann will ich immer ein guter, lieber kleiner Fips sein und keine Lieblichkeit mehr. – Ist ein guter lieber Fips was Schöneres als eine Lieblichkeit?"

„Viel was Schöneres!"

„Na, Vati, dann ist es gut." Adele war zufrieden.

Noch ehe das Abendessen gerichtet wurde, packte Goldköpfchen einen der Koffer aus. Sie wußte genau, daß die Kinder trotz aller Freude, die ihnen das Wiedersehen schenkte, darauf warteten, daß sie ihnen etwas mitgebracht hatte. Jeder bekam sein kleines Paketchen. Hermann war glücklich über die kurze Lederhose. Er wollte sie nur zu festlichen Gelegenheiten tragen. Stefan und Jürgen bekamen jeder ein Tiroler Hütchen mit langer Feder, Fritz und Erna erhielten ein geschnitztes Spielzeug, und Klein-Ulla hatte eine Puppe bekommen. Dann gab es für jedes Kind noch Süßigkeiten. – Der Nußknacker, den Goldköpfchen ihrem Gatten mitbrachte, wurde viel bestaunt und belacht. So herrschte hellster Jubel im Familienkreise.

Aber auch Frau Leuschner, Fräulein Rettich und Ida waren nicht vergessen worden. Jede wurde beschenkt, und jede war zufrieden.

„Hat dich aber mächtig viel Geld gekostet", sagte Jürgen, „nun muß der Vati fleißig verdienen, damit er das Loch in der Kasse wieder zustopft."

„Darum werdet ihr alle sehr bescheiden sein", sagte der Vater. „Ihr habt ja gehört, wie bescheiden der Hansl im Pinzgau ist."

„Und in den nächsten Tagen gehen wir einkaufen, denn die lieben Menschen im Pinzgau sollen die versprochenen Geschenke haben", sagte Goldköpfchen. „Für die beiden Mädchen die Puppen und für den Hansl die Mundharmonika. Aber auch die guten Scharrs müssen bedacht werden."

„Vater, das kostet ja immer noch mehr Geld", sagte Jürgen und kraute sich den Kopf. „Wirste das alles schaffen?"

„Deinem Vati macht es Freude, den guten Leuten im Pinzgau etwas schicken zu dürfen. Sie waren sehr gut zu deiner Mutti und den beiden Fipsen. Was sie ihnen zuliebe tun konnten, haben sie getan, und deswegen müssen sie nun auch eine Freude haben. Das siehst du doch ein, mein Junge?“

„Ja, Vati, das sehe ich ein, Wurst wider Wurst!“

„Ich sehe das auch ein“, rief Stefan, „vielleicht schicke ich dem Hansl was mit!“

„Ich auch – ich auch –“ tönte es von allen Seiten. “Wenn die Leute gut zur Mutti waren, müssen sie es auch gut haben!“

„So ist es recht“, sagte Goldköpfchen und nahm ein Kind nach dem anderen liebevoll in den Arm. „Ihr seht, daß eure beiden Schwesterchen frisch und gesund heimgekommen sind. Nun sollt ihr denen, die dazu beitrugen, auch eine Freude machen, denn einen fröhlichen Geber hat Gott lieb!“